谺 無茶の勘兵衛日月録9

浅黄 斑

時代小説

二見時代小説文庫

風雲の谺——無茶の勘兵衛日月録9

目次

越前松平家関連図（延宝３年：1675年12月時点）

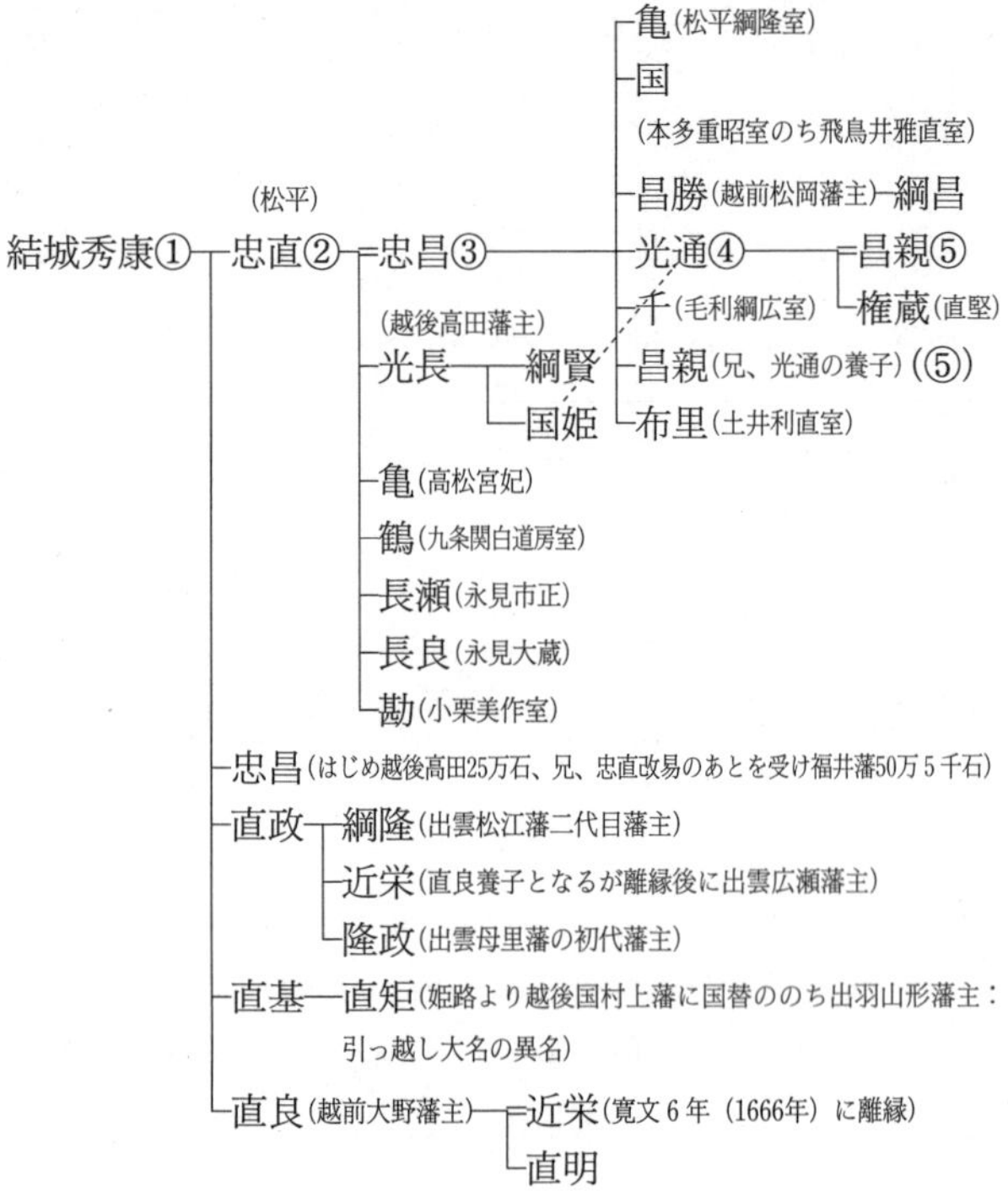

註：＝は養子関係。○数字は越前福井藩主の順を、------は夫婦関係を示す。

女の覚悟

1

師走《しわす》も八日目のことだった。

この日、新高八次郎《にいたかはちじろう》は朝飯を食ってすぐに、主人の使いで四ッ谷の塩町へ出かけた。

きのう、おとといと、気味が悪いほど温かかったのが嘘のように、きょうは一変して寒さが戻っていた。

風もある。

（ふむ……）

足を急がせながら、八次郎は視線を上げて町並みの変化に気づいた。

一変していたのは気温だけではなかった。

江戸の風景もまた、大いに変わっていた。

町家の一軒一軒の屋根の上に、まるで競い合うように聳え立つものがあった。それが風に撓《しな》り、ゆらゆらと揺れている。

屋根に上り、今しも据えつけをはじめている人影もあった。

(そうか、〈お事《こと》〉か)

この日、十二月八日は江戸じゅうの町家や長屋の屋根に、竹にくくりつけた笊《ざる》や目籠を立てる行事があった。

正確には〈事始め〉で、正月に向けての準備をはじめる日、ということになっている。

で、家家ではこの日、竹竿の先につけた笊や目籠を屋根の上に立てるとともに、〈お事汁〉といわれる六種の具を入れた味噌汁を食べた。

芋に小豆《あずき》、牛蒡《ごぼう》に人参、豆腐と蒟蒻《こんにゃく》というのが六種の具であった。

なぜ、そのような風習があるかについては、いくつかの説がある。

天から降る福を受けるため、とも言い、神を招き下ろすためとも言い、また魔よけとも言う。

〈めかり〉という一つ目の妖怪が、笊や目籠の目があまりに多いのを見て、恐れて逃げるなどという説も言い伝えられていた。

そんなのどかな風景のなか、八次郎が塩町での使いを終えて、浅草・猿屋町の「常陸屋権兵衛《ひたちやごんべえ》」店《だな》に戻ったのは、まだ昼前のことであった。

それからわずかののち――。

再び八次郎が表に飛び出してきた。

少し血相が変わっている。

（こりゃ、えらいことだ……）

猛然と走りだしたい気持ちは山山であったのだが――。

すぐ目前には陸奥《むつ》・石川藩邸の辻番所があった。

そこにはお定まりの菖蒲革《しょうぶがわ》の袴に、六尺棒といったいでたちの番人が、通行人に目を光らせている。

それに常づね主人の落合勘兵衛《おちあいかんべえ》からも、

――武士たるもの、めったなことで走ってはならぬ。

と教えられていたのでぐっと我慢をした。

それでもついつい速足になって、寒さにかじかんだ手に息を吹きかけている番人を横目に、八次郎は辻番所脇を通り抜けた。

道はすぐに突き当たりになり、左折する。

いま八次郎が足を踏み入れた道は、両側を大名屋敷に囲まれながら、鍵の手のように何度も折れ曲がっていく道だ。

俗に〈七曲がり〉と呼ばれている。

結局は右に左にと五度も鍵型に曲がって、前方に新《あたら》シ橋が見えてきた。

橋の手前に神田・八名川町《やながわちょう》の町家がある。

その町家の屋根屋根でも、竹竿に結んだ目籠が風に揺れている。

しかし、今の八次郎には、そんなのどかな江戸の風景を、愛《め》でている余裕などはない。

だが神田川を渡る新シ橋に上ったとき、ふと中天に、高だかと浮かぶ白雲が目に入った。

いや、雲ではない。半円を描く昼の月であった。

まるで薄紙を切り抜いて、ぺたんと青空に貼りつけたような昼の月が、この日は、なぜか妖しげに迫ってきて、八次郎の不安感をかき立てた。

橋を渡った先の柳原土堤道を、結局は走りはじめたのである。

正午を過ぎたころ、八次郎は愛宕下《あたごした》の越前大野藩江戸屋敷に着いた。

「どうした八次郎、なんぞあったか」

息せききっている八次郎を見て、新高陣八《じんぱち》は眉をひそめた。

陣八は八次郎の父であり、大野藩江戸留守居役の用人《ようにん》であった。

「父上……。実は勘兵衛さまが失踪なさいました」

「なに、失踪……。そりゃ、おおごとではないか。いったい、どういうことだ」

「はい。それが……。外山から戻りましたところ、このような文を残されて……」

八次郎が懐からつかみだした紙片をひったくるように受け取った陣八だが、そこには――。


八次郎、子細は申せぬがひと月ばかり留守をする。心配は無用だが、勝手尽《づ》くのほどは許されよ。ただし無届けの留守ゆえ、覚悟のうえではあるが、お咎《とが》めがあるやもしれぬ。松田《まつだ》様に書状をしたためたゆえ、すぐにもお届けのうえ、その指図に従われたし。

延宝三年師走　落合勘兵衛

「ふむ。なるほど……。しかし八次郎、おまえが失踪などと言うから驚いたが、こういう書き置きがあるなら、ちと事情がちごうてくるぞ」

「はあ、それはそうでしょうが、そこにも書かれているとおり、お届けを出していないとなれば一大事。それでまずは、父上にご相談をしようと……」

「相談？　はて、どういうことじゃ」

「は……。やはり、お咎めはありましょうか」

「さて……。どうじゃろうな」

「勘兵衛さまがひと月ほどで戻られるのなら、なんとかごまかせるのではないか、とも思うのですが……」

「ばかを申せ」

「しかし、父上……」

八次郎が落合勘兵衛の若党になったのは、一昨年の冬の初めである。まだ二年にも満たない。

武家の次男坊である身にすれば、せっかくに得た主人にお咎めがあったなら、どうしようと気が気ではない。

自分の行く末にも関わることだ。

「八次郎、おまえの心配もわからぬではないが、とてもごまかしきれるものでもあるまい。それに、松田さまは話のわかるお方じゃし、勘兵衛どのをいたく気に入っておられる。決して、悪いようにはなされまいよ」

「そうでしょうか」

「事情はわからぬが、勘兵衛どのが、このような文を残されたからには、よほどの事情があったのであろうよ。あるいは、松田さまへの文に、そこらあたりのことが書かれているやもしれぬ。ほれ、出してみろ」

「はあ、ははあ」

父親に催促されて、八次郎はもう一度懐に手を入れた。

勘兵衛の上司で、江戸留守居役の松田与左衛門《よざえもん》に宛てた書状を父に手渡すと、

「よし。松田さまより御下問が、あるやもしれぬでな。父が戻るまで、しばらくここにて待っておれ」

言うと陣八は、勘兵衛が八次郎に残した文と書状の両方を携えて、そそくさと席を立った。

2

松田与左衛門が、いつもと変わらず役宅の文机《ふづくえ》で書き物をしていると、襖の向こうから新高陣八の声がした。

「かまわぬ。入れ」

つい先ほど、増上寺切り通しの時鐘が正午を告げるのを聞いていたから、

(うむ。きょうの菜《さい》は、なんであろう)

てっきり昼飯の支度でもできたのであろう、と思っていた松田だったが……。

「実は今し方、八次郎めが泡を食って駆け込んでまいりまして……」

陣八が、浮かない顔つきであった。

「どうした。なんぞあったか」

「はい。まずは、これを。勘兵衛さまが、倅《せがれ》に残した置き手紙でございます」

「勘兵衛が……。置き手紙じゃと……」

さっそくに文に目を走らせたあと、

「ううむ……」

小さくうなって、眉を寄せた。

「どれ。そちらが、わしへの書状か」

「は」

「どれどれ……」

もどかしそうに封を切り、目を走らせる。

そこには――。

松田与左衛門様
急卒ながら、一筆啓上をつかまつります。子細は申せませぬが、男児として為《な》さねばならぬこと是《これ》有り。お叱りは覚悟のうえで、およそひと月ばかりの休息をいただきたく、まことに身勝手なる振る舞い、足を削って履《くつ》に適し、頭を殺《そ》いで冠に便す、ともいうべきいたしよう、なにとぞ、お許しのほどお願い申し上げます。
延宝三年師走八日　落合勘兵衛

と書かれていた。

「ふむ」

足を削って……のくだりに、思わず松田はにやりと笑った。

「事情が書いてございますか」

松田がこぼした笑みを見て、陣八が尋《たず》ねてくる。

「いや、なんにも……。だが、いかにも勘兵衛らしいわ」

言って、松田は書状を突き出した。

「かまいませぬか」

「おう。肝心なことは、なにも書いてはおらぬがな」

さっそくに書状を読みはじめた陣八だったが、途中から首を傾げた。

「どうした、足を削って履に適し、頭を殺いで冠に便す、というところか」

「はあ、なんとなく意味はわかるのですが」

「そりゃ、『淮南子《えなんじ》』というて、漢の武帝が学者を集めて編纂させた書物のなかの一節じゃ。本末転倒……つまりは届け出の順序が逆になった、と詫びておるのよ」

「なるほど……」

「いやはや。人を食ったやつじゃ。これでは怒るに、怒られぬではないか」

「ははあ……」

陣八の顔に安堵の色が流れた。

「しかし、男児として為さねばならぬこと、というのが多少、気がかりじゃの。近ごろは少しおとなしゅうなっておったが、なにしろ名にし負う無茶の勘兵衛のことだからな」

「それにしても、なにがあったのでございましょうかな」

「ひと月ばかり、と区切るからには、どこぞに旅に出た、と考えるのが妥当じゃが……」

ふっと松田に兆《きざ》したのは、勘兵衛にとっては天敵ともいえる、山路亥之助《やまじいのすけ》のことであった。

その亥之助は、元は国許《くにもと》で郡《こおり》奉行を勤める者の長子であったが、銅山不正に連座したあげくに逐電《ちくでん》した。

その亥之助が一月半ばかり前に、江戸藩邸に滞在中だった越前大野藩士を一人斬り殺した。

それを突き止めたのが、勘兵衛である。

今度こそは亥之助を討つ、と息まく勘兵衛に松田は、

——憎《にっく》きやつにはちがいないが、ま、放念しろ。

繰り返して、とどめておいた。

というのも、今の大野藩には、じわじわと魔手が伸びてこようとしている。

酒井《さかい》大老を中核とするその謀略は、越前松平家の本家である福井藩を巻き込み、我が若殿を廃嫡にして、その後釜に越後高田藩の係累を押し込もうというものであった。

一方、大和郡山藩においては永年にわたる御家騒動があって、結果として所領は、嫡流の本多政長《ほんだまさなが》（大和郡山藩本藩）と庶流の本多政利《まさとし》（同分藩）の二つに分割された。

表向きには政長が大和郡山城の城主だが、政利もまた、同じ城中に住むという異様な事態が続いている。

庶流が嫡流の城や所領をかすめ取ったかたちだが、その裏には、今をときめく酒井大老の糸引きがあったのだ。

あろうことか、山路亥之助は、その分藩側に潜り込んだ。

しかも現在は、嫡流の本多政長を亡き者にしようと暗躍する一団に加わっているのであった。

もちろん、その暗殺を指示したのは本多政利だが、その後ろ盾として、酒井大老が存在するばかりではなかった。

すでに物故しているが、政利の正室であった布利《ふり》姫は、徳川御三家のひとつ、水戸藩主の徳川光国《とくがわみつくに》（のち光圀）の腹違いの妹であったのだ。

正邪の大義以前に、幕閣における政治力の秤《はかり》は、大きく政利側に傾いている。

といった政治背景から、この時点で山路亥之助を深追いするのは得策ではない、と松田は考えている。

亥之助を討つ、と主張する勘兵衛を松田が繰り返し強くとどめたのは、そのような理由からであった。

（まさかな……）

その後の勘兵衛の調べでは、すでに山路亥之助は江戸を離れたようだ、との報告を受けていた。

その亥之助を追ったか、とも一瞬考えた松田だが……。

（いや。それはあるまいよ）

思い直した。

本多政長暗殺団の本拠地は、大和郡山郊外にある〈榧《かや》の屋形〉というところらしい。

山路亥之助が向かった先は、おそらくそこであろう、と報告の折に勘兵衛は推測していたし、松田自身も同感だった。

その報告の日から、すでに二十日近くも経っていた。

今さら……と思うのである。

とてもひと月やそこらで片づくものではない。

(では、なんじゃ)

およそひと月ばかりの休息——から考えられるのはやはり、勘兵衛がいずこかへ旅立ち、用をすませて戻ってくる、という意味以外には思いつかない。

(故郷へか……)

勘兵衛には近ごろ、縁談らしきものが舞い込んでいる。

そこに変事でも起きたか。

いやいや、それもおかしい。

国許に異変があったなら、真っ先に松田の耳に届くはずだ。

なにより、子細は申せませぬ、という勘兵衛の文言《もんごん》にはそぐわない。

「陣八。八次郎は、まだおるのか」

「は。あるいは御下問があるやもしれませぬゆえ、残しております」

「そうか」

やはり八次郎から、もう少し詳しく聞いてみるものであろう、と松田は思った。

3

「さぞ、驚いたであろうな」

まだ十七と歳若い八次郎に、松田は優しく声をかけた。

「はい。もう」

くりくりと、まん丸な目で八次郎は答えた。

「そうであろう。ところで、ちょいと前後のことを聞きたいのじゃが、どういう事情であったのかな」

「あ、はい。いえ、事情と申しましても、今朝方までは格別のこともなく……、ええと朝食を終えましたのち、旦那さまに使いを仰せつかったのでございます。ところが戻ってきましたところ姿が見当たらず、飯炊きの長助《ちょうすけ》さんに尋ねましても、首をひねるばかりで……。すると、文机に文が残されているのをみつけたのでございます」

「なるほど、で、その使いというのは、どのような使いじゃったな」

「[冬瓜《とうがん》の次郎吉《じろきち》]のところへ菓子を届けよ、というものでございましたが」

「ふむ……、次郎吉な。たしか四ッ谷のほうであったな」

「はい。塩町でございます」

次郎吉は、火盗改めの与力である江坂鶴次郎《えさかつるじろう》の手下《てか》であるが、普段より勘兵衛が手足として使っている男であった。

(その使いは、口実であろうな)

松田は思った。

四ツ谷は、甲州街道と江戸との出入り口にあたる大木戸があるところだ。

勘兵衛の町宿《ちょうじゆく》から塩町まで、往復するだけでも一刻(二時間)以上はかかろう。

要は口実をもうけて八次郎を他出させてのち、勘兵衛は旅支度を調えて出かけたのであろう、と松田は考えた。

(となると、わしへの文も含めて、きのうのうちにも、準備をおえていたのであろう)

「で、どうだな。このところ、勘兵衛になにか変わった様子はなかったか」

「はい。実は……。このところ旦那さまには、なにやら、物思いにふけっているかにお見受けいたしましたが」

「ふむ。なにを考えておったのであろうな」

「さて……」

真剣な顔つきになって思いを凝らしていた八次郎が、

「そういえば……」

おそるおそる、というように言う。

「思い当たることがあるか」

「一昨日のこと……旦那さまは、他出されたようでありますが、戻られたのち、その兆候が、ますます強くなりましたようで……」

「ふうむ、どこへ出かけたのであろうな」

「あいにくわたしは剣術の稽古に出かけておる間のことにて……長助の話では、陽気がいいので、少しぶらついてくる、と言って出かけたとしか……。それしかわかりませぬ」

「ふむ。そういえば、おとといは大寒というのに汗ばむほどの陽気であったな」

うなずきながら松田は、さて、その日、勘兵衛になにかがあったらしいが、行き先がわからぬことには見当もつかぬわい、と思った。

「きのう、きょうではなく、もう少し前のことを思い出してみろ。なにやら、気づいたことはなかったか」

「もう少し前でございますか……」

八次郎が、少し困ったような顔になった。

(おや……?)

その表情の変化を見逃さず、

(こやつ、なにか隠しておるようだぞ)

松田は、少し語気を強くした。

「これ、八次郎。起居をともにしておるおまえが、なにも気づかぬはずはあるまい。おかしな隠し立てはためにならぬぞ」

「いえ、隠しごとなど、めっそうもございません」

力んで言うのに、陣八が口を入れた。

「こりゃ、八次郎、いいかげんにせい。おまえの小鼻がふくらんでおるではないか。偽りごとを申すとき、昔よりおまえは、そのようになるのだ」

「えっ!」

あわてて鼻を押さえた八次郎だったが、

「あの……。いえ、決して偽りなどでは……。そのう、実は、あるいは、と思うこともございまして……」

「だから、それを正直に申し上げろ、と言うのだ」

「ははあ、そのことでございますが……」

父親に駄目を押されて、思いきったように八次郎が話しはじめた。

「例の山路亥之助とかいう者の隠れ家が見つかったというので、白壁町に出かけた日のことでございますが……」

「おう、それなら先月の二十二日であろう。結局、亥之助は姿を消していたのであったな」

それも松田は、勘兵衛から直接に報告を受けていた。

「はい。それから……、そのあとのことでございますが、勘兵衛さまは、ええと……、実は田所町の［和田平《わだへい》］に向かわれまして……。というのも照降町《てりふり》のところに、以前に町宿のほうに出入りしておりました魚屋があるのでありますが……」

八次郎は、へどもどした調子になっている。

「その魚屋のことなら、わしも聞いておる。そこの女房が［和田平］の仲居であろう。たしか、お秀《ひで》というたか」

「あ、よくご存じで……」

八次郎が驚いたような顔になった。

「しばらく無沙汰をしておるが［和田平］の女将《おかみ》も、お秀も、わしには馴染みじゃ。

で、その魚屋がどうかしたのか」

「はい。知らぬ間に店じまいをしておりましたので、隣りの楊子屋に尋ねましたところ、夫婦揃って「和田平」のほうへ移ったと聞いたものですから」

「なるほど、そのことで勘兵衛は「和田平」に出向いたのじゃな。おまえも一緒にか」

「いえ。わたしには、まだ用が残っておりまして……。つまり、勘兵衛さま、お一人で向かわれましたので。お話では、仁助《にすけ》……、あ、これが魚屋の亭主でございますが、仁助とお秀の夫婦は、ちゃんと「和田平」におったということでございましたが……。わたしは、それしか聞いておりません」

「ふむ……」

松田が丸い目を覗き込むと、あきらめたように八次郎が、ことばを継いだ。

「で……、旦那さまが、なにやら沈思されることが多くなったのは、その日以来のことに思われます」

「なるほど……、仁助夫婦が魚屋を畳んで「和田平」に移った、と。だが、それだけのことが、勘兵衛の気持ちを煩《わずら》わせたとは思えぬがの……」

思わず松田が腕組みをしてみせると、再び八次郎は口を開いた。

「わたしとしましては……ええと……女将さんになにかが起こったのではないか、とも考えたのです。で、よほど、わたしも、［和田平］を訪ねてみようかとも思ったのですが、憚《はばか》る気持ちもございまして、結局は、そのままにしておいたのでございますが」

「なんと……」

八次郎のひと言で、松田の裡《うち》に豁然《かつぜん》と開けるものがあった。

松田は、カマをかけることにした。

「勘兵衛と女将の仲のことを言っておるのか」

「え……」

八次郎の丸い目が、さらに丸くなった。

当たったようだ。

なにゆえ、八次郎の口が重かったかも諒解できた。

4

数日後、松田与左衛門は内神田にある、大和郡山藩本藩の江戸屋敷に日高信義《ひだかのぶよし》を訪ねた。

「これは松田さま、御用がございますれば、当方より出向きましたものを、わざわざのご来駕、痛みいります」

背筋を伸ばして挨拶をする日高に、

「いや、いや、こちらこそ、なんの前触れもなく、突然に顔を出して失礼をいたした。それよりも、過日は遠路長崎にまで、たいへんなことでございましたな」

まず松田は、そのことをねぎらった。

日高が静かに答える。

「その折には、なにかとご援助を賜わりましたものを、こうして江戸に戻ってまいりましたのに、ご挨拶にも伺わず恐縮のかぎりです」

「とんでもござらぬ。お手柄のほど、聞いておりますぞ」

「なんの。幸いに、落合藤次郎《とうじろう》という若い力を得てのことでございますよ。しかし、今度ばかりは、いやはや……くたびれ申した。しみじみと我《われ》も老いたりと、思い知りましたわい」

「なにを言われる。まだまだ、これからでござろうに……。ときに、おいくつになられたな」

「いやさ。ちょうど還暦でござってな。もはや立派な爺《じじい》ですわい」

「さようか。するとわしより二つ歳上でござったか。まあ、互いに似たり寄ったりでござるがな」


ともに半白髪で小柄な老人が二人、静かに笑い合った。

日高の口から出た、落合藤次郎というのは勘兵衛の三歳下の弟で、縁あって大和郡山本藩に仕官している。

日高信義は、その本藩首席家老の仕につく都筑惣左衛門《つづきそうざえもん》の用人であった。

日高と藤次郎が、大坂を経て長崎に向かったのはほかでもない。

藤次郎の主君である本多中務大輔《なかつかさたいふ》政長は、先にも書いたが、分藩の本多政利から、しつこく命を狙われ続けている。

政長の毒殺をもくろむ暗殺団が使おうとしているのは、唐渡りの猛毒で芫青《げんせい》であった。

その芫青が抜け荷の品として長崎に入った、という情報を大坂で得て、日高と落合藤次郎は遠く長崎まで足を伸ばしたのである。

一方、松田のほうは越前大野藩を蚕食《さんしょく》しようとする酒井大老たちの密謀に、阿片《あへん》という聞き慣れない代物《しろもの》が使われようとしていることを知った。

延宝三年（一六七五）のこの時期――。

まだ我が邦《くに》には知る者とていないが、阿片の中毒たるやすさまじく、服すれば羽化登仙の心地を与えながら、たちまちのうちに人を生ける屍《しかばね》に化するという、おそろしい毒草であるらしい。

酒井大老は、大野藩にとっては本家筋である越前福井藩の手で、阿片を我が若君に薦《すす》めさせ、これを廃嫡させたのちに、越後高田藩の係累を押し込もう、という計画なのだ。

福井藩、高田藩、そして大野藩が、祖を同じくする越前松平家同士である、というところが、まことにおぞましく、総毛立つような謀略なのであった。

その芫青と阿片が傀儡《かいらい》船によって、遠くカンボジアの地から運ばれてきた、というにとどまらず、その抜け荷に関わった組織、人物などことごとくを日高たちは調べ上げてきたのであった。

さらに抜け荷の品は長崎奉行の手を経て、大和郡山へ、また江戸へと運ばれた。

その調査結果こそが日高の手柄であったのだが、残念ながら、あと一歩のところで大老までには届かない。

長崎奉行という大物を裏で操れる人物……となると、まずは閣老以外には考えられないのだが、確たる証拠があるわけではなかった。

「ところで、これはまだ都筑御家老さまにもお知らせしておらぬことでござるが、幕府大目付の命《めい》にて黒鍬者《くろくわもの》が、ひそかに長崎に潜入したやに聞いております」

松田が言うと、

「お、それはまことでござるか」

たちまち日高が目を輝かせた。

幕府目付衆が旗本・御家人の監察にあたるのに対し、大目付は大名筋の監察が職務であった。

「秘密裏のことゆえ、うかとは洩らせぬことながら、黒鍬者が長崎に旅立ったのは、もうひと月も以前のこと、そろそろと新たな展開が望めるやもしれませんでな」

「ふうむ。そうでござったか。いや、それは嬉しいお知らせでござる。いやいや、ありがたや」

「というても……」

松田は一度、口を引き結び、次に吐き出すように言った。

「酒井めの息の根を止めるには、いたりますまいが……」

松田が江戸留守居役を務める越前大野藩にとっても、日高が陪臣を務める大和郡山藩本藩にとっても、大老の酒井忠清《ただきよ》は共通の敵であった。

「もとより口惜しゅうはござるが、いたしかたござらぬ。それよりも猛毒の芫青が抜け荷にて、分藩の手に渡ったと幕閣の耳に入るだけでも、大いに本多政利の動きを抑止する力にはなりましょう」

「さよう。さすれば政長さまに、うかとは手を出すわけにはいきますまいな」

「それだけでも、長崎での苦労が報われるというものです。いや、ありがたや。きょうはわざわざ、その朗報をお届けくださったか」

「うむ、そのことじゃが……」

いよいよ本題に入らねばならぬな、と松田は唇を湿した。

よほどに松田としては、勘兵衛のことに関して、直接に［和田平］を訪ねてみるべきかどうかを迷ったのであるが、結局は日高信義を訪ねてきたのである。

というのも［和田平］の女将である小夜《さよ》は、日高がめかけに産ませた娘であったからだ。

「実はな……。きょう、こうしてまいったのは、ほかでもござらぬ。落合勘兵衛がことじゃ」

「はて……。勘兵衛さまが、なんとなされましたか」

日高が怪訝《けげん》そうな顔つきになった。

「卒爾《そつじ》ながら、単刀直入にお話し申そう。実は勘兵衛が、このような文を届けてまいりましてな」

松田が懐から書状を取り出し、日高に差し伸べた。

「はて、それを拙者に読まれよ、と言われるか」

心持ち、日高の目が泳いだ。

「そのつもりで持参いたした」

「さようか。では、ごめん」

日高が、松田の手から勘兵衛の文を受け取った。

「ふむ……」

やがて読み終えて、日高は小さく声を発したのち小考し、やがて、つぶやくように言った。

「無茶をなさる」

「…………」

そして読み終えた文を、丁寧に元のかたちに畳んで松田に戻しながら、日高は言った。

「勘兵衛さまが向かわれたは、おそらく、大坂でございましょう」

「大坂……」

「はい。お聞き及びかどうかはわかりませぬが、拙者には、めかけに産ませた娘がおりましてな」

「うむ。そのことなら聞いております。それゆえ、こちらにまいったのじゃ。「和田平」の女将の小夜どののことですな」

「それにちがいはござらぬが、別にもう一人、小夜の妹でかよという末娘がおりますのじゃ」

「ふうむ……。いや、ちらりと耳にしたような……。はて?」

記憶をまさぐったが、詳しいことまでは知らない松田だった。

「かよは、亭主とともに大坂にて「鶉寿司《うずらずし》」というのを営んでおりますが、実は先だって勘兵衛さまが、弟どのにその店名と所在場所をお尋ねになったそうな」

「勘兵衛が、藤次郎に……ですか」

「さよう。その折の勘兵衛さまの様子が気になったか、藤次郎が拙者の耳に入れてくれたのですよ。拙者もいささか気になってはおりましたが、まさかこのようなことになろうとは……」

「それは、つまり……。小夜どのが妹ぎみ……ええと、大坂のかよどののところに向かわれ、勘兵衛が、そのあとを追ったと言われるのか」

松田にしてみれば、半分わかったようで、あと半分は、模糊《もこ》として見えてこない話なのである。

5

「こうなれば、包み隠さず話さねばなりますまいな」

尻を揺するようにして、日高が座り直した。

「伺いましょう」

松田も背筋を伸ばした。

「さて、どこから話したものか……。さよう、実は先ほど申しました大坂の［鶉寿司］と申すは近ごろ、例の暗殺団を見張る我が目付衆の、陰の連絡所として使っておりましたところでな」

「なるほど、芫青の毒を手配したるは、大坂の薬種問屋でござったな」

「さよう。芫青の毒が、長崎奉行から分藩の御奏者役、原田《はらだ》九郎左衛門《くろうざえもん》の手に移り、さらに暗殺団の一員である源三郎《げんざぶろう》という者の手に渡ったは大坂の地でのこと。その間、大坂に滞在中の源三郎を、見張り続ける拠点となったのが［鶉寿司］だったというわけです」

「うむ」と松田はうなずいて、続けた。

「その源三郎のことなら、勘兵衛より聞いております。大坂より大和郡山に戻る途中に討ち取って、猛毒を無事に奪ったということだったが」

「いかにも。しかしながら、長崎からの帰途にあった拙者には、まだ、その首尾のほどを知らずにおりましたでな。それで、いかなる仕儀に相成ったかを確かめるため、大坂のかよの店に立ち寄ったのでござる。結果はお聞きのとおりの上首尾でござったのだが、そこに拙者に宛てての、小夜からの文が届いておりましてな」

「ほう。差し支えなくば、その内容をお教えくださらぬか」

「は。わけあって［和田平］を閉じ江戸を離れることにしたが、心配は無用。いずれ落ち着き先が決まれば知らせるほどに、勝手なる振る舞いをお許し願いたい、というようなものでございましたな」

「なんと……！　して……？」

「いや。それだけでございましたよ。拙者は、なにがなにやら、わけがわからず、ただ驚くばかり。遮二無二、この江戸へと足を急がせ戻ってきた次第。とるものもとりあえず、小夜に会いにまいりました。いや、なんとか間に合いましたよ」

「ふむ、それで……」

「無理にも、わけを問いただしました」

「ふむ。勘兵衛が関わることじゃな」

すると日高は、なぜかにっこりと笑った。

「いやはや、仕方がございませぬな。なれど、これは松田さまにだけ打ち明けること。すべてをその胸に収めてくださると、お約束願えますか。なにしろ、その……。小夜の……。我が娘の……。いや、女の覚悟というものを、しみじみ思い知らされた次第でござったゆえにな。これ、このとおりでござる」

言うと、やにわに日高が平身低頭した。

「これ、日高どの。とんでもないことでござる。もちろん、誰にも漏らさぬ。すべては我が胸ひとつに収めるゆえにな……。さ……さ、どうか頭を上げられよ」

「されば……よ。小夜には嬰児《やや》が腹に宿っておりましてな」

「ふうむ……」

そのような予感はあったぞ、と思いながら松田は一人うなずいた。

「勘兵衛の子ですな」

「まこと、青天の霹靂《へきれき》でございましたがな……」

「さも、あられよう」

日高が目をしばたたかせるのに、松田は再びうなずいた。

「小夜が言うには、どうしても勘兵衛さまの子を産み、立派に育てたい。しかしながら、それでは勘兵衛さまに迷惑がかかる。それで勘兵衛さまにはこのまま、なにも知らせず江戸を離れるつもりだと……」

「しかし、それを勘兵衛は知ってしまったのじゃな……」

「さよう。[和田平]の店を仁助とお秀の夫婦者に預け、小夜が江戸を発ったは、拙者が小夜に会えたわずかに五日後、先月の十五日のことでござった。わしが会おうと会うまいと、もう、前もってすべては決められておったのじゃ。それに際して、夫婦者には事の始終について固く口止めしておいたはずが、やはり町方の者はこらえどころを知らぬ。ぺろりと、しゃべってしもうたようでござっての。勘兵衛さまは、その足で拙者を訪ねてまいりましたよ」

「先月の、二十二日でございますな」

うなずいたのちに、日高は続けた。

「勘兵衛さまの口から、小夜の名が出たとたんに拙者は、ただ……そのことについてはなにも言われるな、とのみ申して、先ほどのように頭を下げた。ついには勘兵衛さまも、深く頭《こうべ》を垂れられたのち、悄然と去られたのでござるが……」

「ふうむ。すると、そののち勘兵衛は、半月余りも煩悶したのか。だが、どうしても吹っ切ることができず、ついに小夜どののあとを追ったということか……」

しかし、小夜に会って、勘兵衛はどうするつもりなのか……と、松田は思った。

勘兵衛の文にあった、男児として為さねばならぬこと、とはなにを意味するのだろうか。

気がかりなことがある。

そのことを、松田は口に出した。

「実は、勘兵衛には、まだはっきりと決まったわけではないが、国許にて縁談がありましてな」

「そのようでございますな。小夜から聞きました」

「なんと……」

「それゆえ小夜は、いよいよなんとしても、勘兵衛さまと別れねばならぬ、とさらに決意を固くしたのでござるよ」

「ううむ……」

松田は思わずうめき、やがて絞り出すように言った。

「なるほど、女の覚悟とは、そのように強いものか。しかし……、いや、日高どの。わしには娘がおらぬで、父親の気持ちがわからぬのじゃが……」

続くことばが出てこなかった。

父親の娘に対する感情は、また格別のものと聞いている。

ほんとうは、そのようなことを言いたかったのである。

「いや。娘というても、父親らしきことをしてやれたのは些些《ささ》たるもので、とても一人前の父親面はできぬのでござるよ。なにより、娘たちにも、その母親にも苦労をかけた。そのころ、拙者も若うござったから、ただ慰み者のめかけ奉公をさせたにすぎぬ。じゃが、今から思えば、たいそうに芯の強いおなごであった。おそらく小夜は、その母親の血を引き継いでいるような……」

日高は、遠い昔を思うような茫洋とした表情を浮かべ、さらにことばを継いだ。

「実は拙者、この年になるまで、ついに妻帯はしませなんだ。恥を申すようだが拙者、元は陪臣ではなく大坂勤番を務めておりましてな……」

問わず語りに、話しはじめたのである。

伏見三十石船

1

大和郡山藩では大坂に蔵屋敷を持たぬが、領内から集めた年貢米や特産品などを、大坂で換金する必要があった。

そのお役目が、大坂勤番なのである。

「これが、また、役得の多い役職でござってな。帳尻だけをちょいちょいと合わせておけば、金は湯水のように湧いて出る……」

日高はまだ二十代の若さだったから、遊びほうけてめかけも囲った。

そして、小夜、かよ、と二人の娘が産まれたのである。

「今にして思えば羞悪《しゅうお》のかぎりじゃが、当時の拙者は、なんの娘の一人や二人、いざというときにはまとまった金を握らせて、後腐れなく始末がつこう、などと、たわけたことを考えておりましたのじゃ」

「なんの。わしにも覚えは多多ござる。特に男というものはな……。ただ若いということだけで、多くの罪を背負うものよ」

松田もまた、来し方を振り返り、ふと顔を赤らめるような、おのれのかつての所行を思い出すのであった。

そんなある日、日高は突然に目付に捕縛され国許に連れ戻された。三十八歳のときだという。

「帳面から使い込みの証拠は出なかったが、大坂におけるめかけを囲っての贅沢三昧《ざんまい》の暮らし、これはもう、どう言い逃れようもござらなんだ。危うく切腹を免れて召し放ちですんだのは、ひとえに都筑御家老の助命嘆願のおかげにござった。以来、拙者は御家老さまに、身命を賭してお仕えすることになったのじゃが……」

冷えた茶に手を伸ばし、喉を潤したのちにさらに続けた。

「折から我が藩は、ご存じのとおりに、御家騒動が、のっぴきならないところまできておりまして、拙者は江戸に出て都筑さまの手足となって、日日を国許との連絡と、幕閣への工作に明け暮れておりました。そんなうちに、月日はあっという間に過ぎていき、ようやく寛文十一年（一六七二）の暮れも迫って幕府の裁定が下り、どうにか決着がつきましたる次第……」

　こうして大和郡山藩は九万石（それまでの捨て扶持三万石と合わせて十二万石）の本藩と六万石の分藩と、二つに分割されることが決まったのだ。

「すべてにカタがつき、ほっと一息をついたころのことでござる。都筑さまが言われた。おまえ、長らく人坂にめかけや娘を残したままであろう。気にはならぬのか。しばらく暇を与えるから、会ってきてみればどうじゃ、と……」

「……………」

「いや、それを聞いて拙者は、なんと自分が薄情な人間であったか、と胸を突かれた気分でござった。思えば大坂の妾宅《しょうたく》にて縄を打たれて大和郡山へ引き立てられたとき、小夜は八歳、かよは三歳……。それ以来、十八年もの長きにわたって音沙汰なしの、ほったらかしでございましたからな」

　飛び立つ思いで、日高は大坂に向かった。

　日高信義、五十七歳のときである。

「めかけは、ひろという名で、拙者よりひとまわり下でございましたから、生きておれば四十五歳、もはや独り身であるはずはないと思っておりましたが、もしも……もしも、独り身を通しているのなら、この江戸に連れ帰ろうぞなどと、あれこれそれと、やくたいもないことを思い描きながら大坂へ急いだものでございますよ」

しかし、十八年の歳月は、あまりにも長すぎた。

妾宅は、すでに見知らぬ人に借りられており、ひろは五年前に四十歳の若さで病死していた。

大家から、ひろは日高が消えたあとの十三年間をつつましく暮らし、二人の娘を立派に育て上げたと聞いて、思わず日高は瞼《まぶた》を濡らした。

小夜は十九の年に、御霊筋《ごりょうすじ》・四軒町《よんけんちょう》にある料理屋に嫁ぎ、末娘のかよは、七郎左衛門町にある魚屋に住み込み奉公していたが、近ごろ、そこの職人と所帯を持ったようだ、とのことであった。

日高はさっそく大家から聞いた四軒町の料理屋に向かった。［和田平］という名であった。

突然に現われた父親を目にして、小夜はただ涙に暮れた。

「恨み言ひとつ漏らすではなく、〈父《とう》さま、よくご無事であられはりましたなあ〉と喜んでくれましてのう。しかし、その小夜も決して幸せではなかったのでございますよ」

小夜が嫁いだ平蔵《へいぞう》は、京の［和田］という料亭の次男で、暖簾《のれん》分けしてもらって、大坂に［和田平］を出店していた。

［和田平］の店名は、［和田］の平蔵からつけられたのだ。

だが平蔵は、小夜が嫁いでわずかに二年後に、流行《はや》り風邪であっけなく亡くなってしまった。

後家となった小夜は、必死に［和田平］の暖簾を守っていたが、親方を失った店では料理人たちが一人去り二人去りして、衰退していた。

「幸いに拙者には、人坂時代に貯め込んでおったものを、掛屋《かけや》に預けたままにしておりましたでな。それを元手に大坂の店を閉じさせ、新たに江戸で開かせましたのが、あの田所町の［和田平］というわけでございましてな」

「なるほど、そのような子細がござったか」

「いや、ついつい長話になってしもうた。ま、そのようなわけでござってな。こたびのことは、初めこそ驚きはいたしましたが、実のところ、今の拙者は、一人、ほくそ笑んで喜んでおるのですぞ」

「なに、喜んで……」

不審に思った松田に、日高は屈託のない笑顔を見せた。

「考えてもみてくだされ。還暦になった、この爺《じじ》に初孫ができようというのじゃ。小夜にとっても、初めて産む子でございますよ。そのことを小夜は、つくづく幸せじゃと申したのです」

「…………」

「それも、あの勘兵衛さまの子ゆえじゃ。もちろん、勘兵衛さまには迷惑な話じゃろうし、いや、誰にも話せるものではないが、拙者は心底から喜んでおるのでござるよ」

「…………」

人の考え、気持ちとは、当人から聞いてみねばわからぬもの、と改めて松田は思った。

次に日高は不思議なことを言った。

「さようか。勘兵衛さまは小夜を追って、かよのところへ向かわれたか。いや、不思議なお方じゃ。というより、そのような天運を背負われて生まれられたのかのう。向かわれる先、必ず風雲が待ち受けておるような……」

「そりゃ、どういうことでござろう」

「はあ、その話をせねばなりませぬな。その前に、勘兵衛さまは、小夜には会えますまいよ」

「ふむ……。かよどののところにはおらぬ、と……」

「それは確かで。というより、かよも、このわしとて小夜の行き先は知らぬのじゃ。おそらくは京であろうと思うてはおるが、こればかりは、小夜からの便りを待つしかないことでござってな」

日高の話によれば、［和田平］に住み込みの源吉《げんきち》と仲居頭のお時《とき》の夫婦は、小夜の前夫である平蔵が、実家である京の料理屋［和田］から大坂に連れてきた、子飼いの者たちであった。

それが平蔵亡きあとも、次には小夜に仕えて、とうとう江戸にまで従ってきた。

その二人が、今度また、小夜に付き添って江戸を離れたのだという。

「詳しくは聞いておらぬが、両人とも、京の近郊の出であるから、いずれ、そのあたりで初孫が生まれるであろうよ、と思うておりますのじゃ」

と、いうようなことであった。

さて、そののち松田は、大坂に向かったと思われる勘兵衛に、なにゆえ風雲が待ち受けているかの話を、日高から聞いた。

なるほど、もし勘兵衛が大坂の末娘のところをめざしたとするならば、そこには今、思いがけない事態が待ち受けているようである。

日高の許《もと》を辞して、愛宕下へ戻る道すがら、松田はさまざまなことを思った。

(男児の一分《いちぶん》か……)

実は松田には、改めて思うことがあった。

なにゆえ自分は、かくも落合勘兵衛に好感を抱くのだろう、というようなことだ。

その答えは、もう、とうに、漠然とながら気づいていた気がする。

ある種の羨望ではなかろうか——。

自分では、すでに失った若さ、というたぐいのことではない。

ひと言で言えば、勘兵衛が、近ごろでは珍しい、いかにも武士、といった気概の持ち主であることだ。

武士の武士たるゆえんは、その闘争精神と、なにものに対しても自分の節を曲げないという、ある意味、素朴で愚直な精神構造にある。

だが、武士が武士として生きる戦闘の時代は終わり、この百年、平和な時代が武士のありようを変えてきた。

今さら武士道をうんぬんするつもりはないが、今の藩士たちを見るに、右も左も保身に汲汲とする、あるいは追従《ついしょう》して、出世をもくろむ侍たちばかりになってきたように思える。

そんななか、勘兵衛には、たとえ掟や法度《はっと》を破ってでも、自分の節を通そうという気概が感じられた。

その特異なところが突出して、故郷の越前大野で、〈無茶の勘兵衛〉と呼ばれることになったのだろう。

置き換えて、我は——。

と、松田は思うのである。

先祖こそ武家であったらしいが、生まれは越前大野の商人の子であった。

それが、たまたま、主君の松平直良《なおよし》公が大野入りしたときに、松田の才覚が買われて現在の自分があるのであった。

武士というより、むしろ官僚だと自分でも自覚している。

だからこそ、武士らしい武士の片鱗を見せる勘兵衛に、どこかで羨望を覚えるのだろうか。

次に松田は、ずっと昔のことを思い出した。

故郷の大野に、石垣を組みにきた穴太衆《あのう》のことであった。

古《いにしえ》からの石工《いしく》集団として知られる穴太衆だが、栗石を詰め、大小不揃いな石を無造作に選んでは、ひょいひょいと積んでいく。

それでいて、選ばれた石が寸分の狂いもなく納まっていくのに驚嘆した松田が、穴太衆の親方に尋ねたところ——。

——石の声を聞き、石の行きたいところへ置いてやるだけのこと。

単純明快な、答えが返ってきたものだ。

(つまるところ、なんじゃな……)

勘兵衛は石だ。

そんなことを思った。

もし日高が言うように、勘兵衛が風雲を呼ぶ天運のもとに生まれてきたのならば……。

(行きたいところへ行け。そしてがっしりと揺るぎなく、もっと大きな礎《いしずえ》となれ。このわしが、しかと見届けてやるほどにな)

そんな感慨にふけったものだった。

2

伊勢の国、鈴鹿郡の亀山城下を過ぎてからは、一面の銀世界となった。綿毛のような雲を、わずかにたなびかせるだけの好日の下、田畑や農家の藁屋根に光る白銀に目を細めながら、落合勘兵衛は足を急がせていた。

それにしても、雪解けにぬかるんだ街道には往生《おうじょう》する。

草津の宿を過ぎ、伯母《おば》川のほとりの立木《たつき》神社境内で手早く勘兵衛は中食《ちゅうじき》をとった。

昨夜の宿となった水口《みなくち》の旅籠《はたご》で作らせた竹皮包みの握り飯は、境内の吹き溜まりに積もる雪のように白く輝いている。

そうなのだ。

勘兵衛は、この旅に出て、故郷である越前大野と同じ白い握り飯に、久しぶりにありついていたのである。

というのも江戸においては、握り飯といえば、いわゆる〈焼きおむすび〉で、表面を固く焼きしめている。

そうすることによって、並んだ握り飯とくっつかず、簡単にとることができた。

さらには香ばしく、殺菌によって日保《も》ちがする。

いわば武の都らしい工夫で、それが江戸ふうであったのだが、勘兵衛はやはり、白い握り飯のほうが好みであった。

それはともかく勘兵衛は、休息もそこそこに、再び東海道を南西に向かった。

江戸を出て十二日目、野袴に無紋の十徳《じっとく》、右の腰には飲み水の瓢簞《ふくべ》を下げる、といった旅姿で、勘兵衛は雪を載せた松並木の街道に足を急がせている。

近江《おうみ》であった。

近江とは淡海《あわうみ》、すなわち琵琶湖の呼称を、そのまま国名とする。

草津から、およそ二里、おそらくは琵琶湖より流れくる川筋を橋でいくつか渡る間に、街道は微妙に曲がりくねりながら小さな町並みを抜け、田畑を抜け、また茅葺き屋根の集落を抜ける。

勘兵衛が初めて上る東海道は、名のとおり海沿いをたどる美しい街道であった。

しかし、ところどころには、深い山地が直接に海に溺れ込むような難所もあった。

箱根の関所を越えたのちに、師走には珍しい大雨があって大井川が川留めとなり、島田の宿でむなしく過ごした時間が惜しまれる。

それで勘兵衛は、めぐりくる美しい風景や風物を愛でる余裕もなく、脇目もふらずに進むのであった。

（小夜に会わねばならぬ）

その腹に、自分の子が宿っている。

小夜は俺の今後を思い、負担を与えまいと別れることを決意したようだが、それでは男児としての一分が立たぬ。

その思いだけが、今の勘兵衛を突き動かしていた。

決して、未練などではない。

小夜の決断を責めるつもりも、翻意をうながすつもりもない。すでに決別のふんぎりはついている。

だが、自分の子を身ごもっていると知ったからには、小夜みずからの口から、しっかりと覚悟のほどを聞き、いずれ生まれくるであろう我が子のために、父としての証拠の品を手渡しておくべきだ。

勘兵衛は、そう考えた。

この腰にある、小刀一振り。

それに自らの指印をついた書状を添えて、小夜に託す心づもりである。

いわば、我、落合勘兵衛が父である、という証《あかし》拠の品であった。

街道は積雪の原野に突き当たり、左に方向を変えていく。

その行く手に、長大な橋が見えてきた。

瀬田の唐橋であった。

大橋の長さ、九十六間（約一七五メートル）。

中島があり、さらに二十三間（約四二メートル）の小橋が続いて、琵琶湖の湖尻より落ちる瀬田川を渡る。

ここまで足を休ませることなく進んできた勘兵衛も、昔より〈唐橋を制する者は天下を制する〉と言われた有名な橋の上に立ち止まった。

白帆を立てた舟が入り江に憩い、その先には海とも見まがう水の列が、点点と白帆を浮かべながら、どこまでも広がっている。

（これが、琵琶湖か……）

緑青《ろくしょう》のふいた擬宝珠《ぎぼし》を並ばせる高欄の縁《へり》につかまり、しばしの間、吹きつける冷たい風に頬を晒して眺め入った。

振り返れば遠く、白雪を抱いた富士の山頂が日に輝いている。

「よし」

小さく声を出し、勘兵衛は再び歩きはじめた。

唐橋を渡り終えたのちの街道は、琵琶湖畔に沿って北上をはじめる。

やがて大津の宿場町に入った。

東海道最後の宿場町は、旅籠の数七十一軒。宿内に、四千軒近い町家を抱える大きな町であった。

京までは三里。ここより東を関東とも坂東とも呼ぶ。

（あと、わずかだ……）

連子格子《れんじ》の旅籠屋が続くあたりは京町で、まだ八ツ（午後二時）を過ぎたころだろうに、早くもかしましい招《よ》び女の声がする。人通りも多い。

そんな賑わいのなかを進むと、道は札の辻に突き当たる。右は三井寺へ、左が京への道であった。

そこからおよそ一里、左右から山地が迫りくる谷間《たにあい》には雪溜まりがあって、立ち往生した大八車を、旅人たちが掛け声をかけながら、助けたりしている。

それを横目に谷間の道を上りつめたあたりに処刑場があり、その先のほうで道は二手に分かれている。

三叉路の境目に、道標が建っていた。

刻まれた文字は、北面に――。

みき京ミチ

南面には――。

ひたりふしミみち

とある。

「ふむ……」

勘兵衛は空を見上げた。

陽の高さから観るところ、そろそろ七ツ（午後四時）は過ぎただろう。

少し考えたのち、道標脇にある茶店に入った。

このあたりの名物か、草餅に熱い茶を頼んだのち、亭主に尋ねた。

「伏見には夜船があると聞いたが、まことであろうか」

「へえ、へえ、あんさん、浪花《なにわ》へ行きはりまんのか」

「さよう」

「おます。おます。次から次へと出よりまっせ」

「そうですか。表の道標の伏見道だが、ここからいかほどの距離があろうか」

「へえ。四里と八町でんな」

（すると、二刻（四時間）近くはかかろう）

すっかり夜となる。

「その夜船だが、いつごろまで出ているのであろうな」

「そら、あんさん。なんぼまででも……。というても三更《さんこう》の……そうでんなあ、子《ね》の一点くらいまでは出よりまっしゃろ。なんせ……」

亭主は、にやりと笑っただけで口を濁した。

今ふうにいうと、夜の十二時くらいまでなら舟は出るらしい。

「なんにしても、あんさん。伏見道をたどりはったら、舟に乗らんでも、淀《よど》、枚方《ひらかた》の宿場を通って、浪花の京橋にたどり着くようになっとりますがな」

「そうなのか」

せっかく、ここまできて、京の都を見ないという手はないが、帰りに立ち寄ればすむことである。

勘兵衛の腹は決まった。

この道標のあるところ、〈山科《やましな》の追分〉あるいは〈髭茶屋の追分〉などと、のちの道中記には記されるが、勘兵衛がとりあえず江戸で求めたものには、その記載さえなかったのであった。

3

晩飯に、いつありつけるかもしれぬので、草餅を包ませ、勘兵衛は伏見道をとった。

山科一の宮（岩屋神社）の門前町を過ぎ、大宅の一里塚を越え、藤森神社あたりで日が暮れた。

鄙《ひな》びた街道を勘兵衛は予想していたが、さすがに歴史の古い上方《かみがた》のこと、田畑を縫うように町は連綿と続き、民家が並ぶ。

それでも一応は、携行の提灯に火を入れた。

やはり伏見の夜船をめざす人が多いのであろう、行く手にも、後方にも、ちらちらと灯りが浮かぶ。

やがて前方に、あかあかと光あふれる一画があって、やにわに通行の人も増えはじめた。

（あれか……）

勘兵衛は、そこが伏見かと思ったのであるが、そこは揚屋五軒に五十人の遊女を擁する、撞木町《しゆもくまち》の遊郭であった。

ちなみに伏見には、中書島の柳町にも遊郭があった。

（なるほどな……）

茶店の亭主が、意味深な笑いを漏らしたわけはこれだったらしい。

旅人のみならず、遊郭に遊んで大坂へ夜船で戻る好き者も多いようである。

勘兵衛は、提灯の火を落とした。

ここからは、廓帰りの遊客たちが道案内となろう。

こうして伏見の町並みを抜け、やがてひときわ賑やかな一帯に着いた。

伏見には、平戸橋、蓬莱橋、京橋、阿波橋と四つの浜があって、それぞれの浜から〈三十石船〉が出るが、勘兵衛が出た浜は、もっとも船宿で賑わう京橋浜である。

先のほうから、船頭の叫び声が聞こえる。

「それそれ、今出る船じゃ。乗りまへんか。大坂の八軒家じゃ。乗ってかんかーい！」

だが先客たちの様子を見ると、岸辺に軒を連ねる船宿へ入っていく者ばかりだ。

（ふむ……）

どうしようかと考えたとき、船宿の手代らしいのが声をかけてきた。

「あわてて乗りはったら、着くんは丑三つ時（午前二時ごろ）どすがな。身動きとれまへんで」

「お、そうなのか」

「へえ、くだり船やよってに、三刻（六時間）ばかりで着きますねん。お侍はん。初めてどすか」

「うむ」

勘兵衛の様子から、そうと悟ったようだ。

「さよか。で、大坂の、どちらへ行きはりますんや。八軒家の浜だけやのうて、大坂には東横堀に淀屋橋、西横堀と、船降り場が四つございますよってにな。どうせなら、近いところに着ける船がよろしゅうございますやろ」

「うむ。順慶町《じゅんけいまち》というところにな」

「ははあ、ジュンケマチ……。ほなら、西横堀の船着き場で下りたらよろし。坐摩《ざま》神社裏手の西笹町の浜に着いて、ジュンケマチは目と鼻の先ですがな。本願寺別院にも近いんで、小さな旅籠もありまっせ」

手代は、なかなかに親切だった。

「そうか。では、その船を頼もうかな」

「毎度ありがとうおます。で、どうでっしゃろ。夕飯は、もうおすみでございますか」

「お、頼めるのか」

「へいへい。なんなら夜食の握り飯も準備できまっせ」

なるほど、便利なことになっている。

船待ちに、酒を飲んでいる客を横目に遅い夕飯を食い、竹皮包みの握り飯も届いたころに、先ほどの手代が船の準備ができた、と知らせてきた。

三十石船は長さ五十六尺（一七メートル）、幅が八尺三寸（二・五メートル）に定員二十一人の乗客を乗せて、四人の船頭で漕ぐ。

4

未明に大坂・八軒屋浜に着いた。

大方の客が、ここで降りる。

東に黒ぐろと聳える大坂城の巨大な天守閣にひっかかるように、いびつな円形をした月が耿耿《こうこう》と光を放っていた。

夜明けの気配は、まだ遠い。七ツ（午前四時）ごろであろうか。

しかし目前の八軒屋浜は、台地を背に大きな旅籠が建ち並び、それぞれが光を点じ、浜には人夫や物売りの姿さえある。

まさに不夜城のようだ。

船中で仮眠をとっていた勘兵衛も、すっかり目が醒めていた。

八軒屋浜を出た船が、次に淀屋橋でまた客を降ろすと、残る乗客は四人になった。勘兵衛以外は、みな商人のようである。

土佐堀から船が左の堀川に入ったので、勘兵衛は、見るところ、すねかじりの若旦那ふうの男に尋ねた。

船行灯が照らす光のなかで、男は綿入れの長羽織をぞろりと羽織り、寒さ除けに紫の布で頬被りしていた。

「この堀が、横堀でござろうか」

「はあ、横堀というても東と西がおましてなあ。こっちは、西横堀ですがな」

「そうなのか」

伏見の船宿の呼び込み手代も、そのようなことを言っていた。

「あ、ひょっとして、お侍はん。浪花は初めてでっか」

男が話し好きそうだったので、さらに尋ねる。

「伏見の船宿の者に聞いたところでは、西笹町というところに着くらしいのだが
……」

「へえへ。坐摩《ざま》はんと、南の御堂《みどう》はんが近うおすから、ざまみど（ざまみろ）の浜、なんて呼んどりまっせ」

勘兵衛にみなまで言わせず、軽口のちゃ、ちゃ、ちゃ、を入れてくる。

「なるほど、地口でござるか」

「じぐち……？　いや、シャレでんがな」

男は手を振りながら笑った。

ところ変われば品変わるという口だろう。

「ところで、よければ、そこから順慶町までの道筋を教えてくれんか」

「はあは、ジュンケマチなあ……」

伏見の船宿でもそうだったが、この男もまた、〈ジュンケイマチ〉ではなく、〈ジュンケマチ〉と言い直した。

実は大坂においては、特に地名など、ものを縮めて言う風習がある。

だから、宗右衛門町は〈ソエモンチョウ〉だし、道頓堀は〈ドトンボリ〉だし、大坂だって〈オオサカ〉とは言わず、〈オサカ〉と言うのが一般的なのだ。

それはともかく、男は続けた。

「そら、年がら年じゅう、夜店《よみせ》の出る町やよってに、赤児でも知っとりますがなぁ……。あ、いや、こりゃすんまへん。初めてのおひとに、わかるはずもおまへんわなあ。ええっと、橋でいきましょかいな。この船が着くあたりの橋が新渡辺橋、一本下って助右衛門橋、その次が新町橋となっとりまして、ここが、かの新町廓の入り口ですがな。なんぼ浪花が初めてというても、新町の廓のことくらいは、耳にしてはりますやろ」

「ああ、聞いてはおる」

「江戸からで、ございまっか」

「うむ……」

話が、あちこちに飛ぶ男だが、ものを尋ねているのはこちらだから、我慢しなければならない。

「ここんところ、新町では夜見世が禁止で、日暮れまでの昼見世だけでおましてな。

不便なことでおます。吉原のほうでは、どないでしょいな」

「夜見世もあるようだぞ」

「ええなあ。いや、そやけど嬉しいことに、来年の春三月から、また夜見世が許されるそうで、ほんにええこっちゃ」

「で、ジュンケマチだが……」

苦笑しながら、話を引き戻す。

「それそれ。いいえいな。さっき言いました新町橋が廓への入り口ならば、一方の橋袂がジュンケマチへの入り口でんがな」

「ああ、そうなのか」

新町橋の名を、勘兵衛は頭に刻んだ。

やがて西横堀の左岸に船が着いた。

大坂の浜地《はま》には、必ず幅広の石段がついている。

石段を上って、河岸道に出た。

「ところで、このあたりに宿はあろうかな」

ついでに尋ねると、男は船尾のほうを振り向いて指をさした。

「ほれ、あそこに軒行燈が並んどるやろ」

「ああ、あれか」

三つほど、うっすらと細い灯をこぼしている。

「椹木町《さわらぎ》というんやが、夜船で着いた旅人相手の宿や。灯りが入っとるところは空き部屋ありじゃ。こんな時間でもいけまっせ」

「そうか。いや、なにかと世話をかけた」

「ほな、おきばりやす」

言って反対に、南へ向かう男の背を見送ったのち、勘兵衛は軒行燈のほうへ歩いた。

5

薄べりに、どこかしけった掻巻《かいまき》に腕を通して横になったが、勘兵衛はまどろみもできなかった。

それで仮眠をあきらめて、そっと窓辺の障子戸を細く開いた。

あかつきの闇が桔梗《ききょう》色の明るみに彩られはじめている。夜明けは近かった。

夜がしらじらと明けるのももどかしく、早い朝食をすませて勘兵衛は宿を出た。

[亀や]というその宿は、老婆に中年夫婦と、その子供たち、と一家で営む粗末な宿

で、ほとんど木賃宿に近いものであったが――。

――二、三日ばかり逗留させてもらいたい。

告げると、老婆は満面に喜色を浮かべたから、よほどに、はやっていない宿のようであった。

事実、勘兵衛以外に客の姿は見えなかったのである。

［亀や］の戸口のところで、勘兵衛は思わずぎょっとした。

すぐ目の横に、魚の頭が見えたからだ。

確かめると、それは鰯の頭で、柊《ひいらぎ》の枝の先に刺して玄関横に取りつけられたものであった。

（そうか。きょうは節分か）

棘のある葉と、鰯の臭気で邪気を払うという節分の風習は江戸でも同じだ。

この年は四月に閏《うるう》月があったため、師走の二十日にして、節分がきたのである。

新年はまだなのに、あすが立春であった。

勘兵衛は、堀端を南に進んだ。

船での男が〈ざまみどの浜〉と呼んだあたりに、もう三十石船の姿はなく、代わりに荷を満載した小舟が荷下ろしの最中であった。

向こう岸には瀬戸物屋が多いようだから、荷は瀬戸物かもしれない。

(新渡辺橋、だったな)

その橋袂に鳥居が立っている。それが坐摩神社だった。

なかを覗き込むと、なかなかの大社である。

(どのような神社かは知らぬが……)

大坂の地に一歩を印したばかりの勘兵衛としては——。

(一応、礼拝はしておくものだろう)

無事に小夜に会えるよう、詣っておこうかという気分になって、鳥居をくぐった。

見るところ、堀川端の鳥居は裏鳥居であったらしく、境内には店開き前の茶屋らしいのが長く続き、ずうっと先に表口の鳥居が見えた。

土地《ところ》の人が〈坐摩《ざま》はん〉と呼ぶ、この神社は、正式には坐摩《いかすり》神社、あるいはサスリ神社と読むそうだ。

その昔、神宮皇后が三韓征伐より帰還したときに淀川河口に祀ったとされる古社で、神功皇后が坐ったとされる巨石がある。

このころ境内には、まだ小屋掛けの小芝居や講釈場がある程度だが、のちには人形浄瑠璃や歌舞伎の常小屋ができて、大いに賑わうところであった。
それはともかく——。
めでたく小夜に出会え、その小夜が無事に元気な子を産みますように……。
勘兵衛は本殿に参拝ののち、表の鳥居を出た。そのあたりを渡辺筋という。
（ふむ）
珍しいものを見た。
小ぶりな堀をめぐらした巨大な石垣の上に土堤《どて》が築かれていて、それが延延と続く。
まるで城塞のようだ。
そのさまは、江戸に築かれている火除け土堤に似ていた。
（なるほど）
今でこそ江戸がそうなっているが、その昔は、この大坂が武家の都であったのだ……。
重厚に続く石垣土堤の長塀を見ながら、勘兵衛は改めて、そんなことを思った。
だが珍しかったのは、そんな石垣土堤の塀ではない。
鳥居の真正面にあたるところに、石垣を貫いて口を開く、真四角な横穴があった。
まるで窟《いわあな》のように、縦横二間（三・六メートル）ほどを、上下左右を切石で作った横穴で、これを〈土堤穴門《どてあな》〉という。

それが南御堂、あるいは裏御堂とも呼ばれる大谷派本願寺の別院への出入り口であった。

横穴を通り抜けてみたい興味は動いたが、そうそう寄り道はできない。

少しも早く、順慶町の［鶉寿司］を見つけておきたかった。

左手に石垣土堤の長塀を見ながら、渡辺筋を南に向かう。

右手の片側町では、早くも女衆《おなごし》や小僧たちが、店表を掃き清めていた。看板から見るに、古着屋が多い。

門先には、節分の飾りがある。

この当時の大坂について、特に一筆しておきたい。

徳川幕府の開府によって、政治の中心は江戸に移った。

商工業の王座は、いまだ京の地にある。

しかし残念ながら京の盆地は、海から遠い。頼りは、淀川を通じての水運だけであった。

商業地として新興の大坂が京を抜いて——。

天下の貨七分は浪華にあり。

浪華の貨七分は舟中にあり。


といわれるようになって、〈出船千艘《そう》、入船千艘〉になるまでには、あと数十年を要するのであった。

南御堂の石垣が途切れ、最初の辻に出た。

右を眺めたが、橋はない。

もうひとつ先の辻で、橋が望めた。

（あれが、助右衛門橋か……）

そのように確かめながら、勘兵衛は歩いた。

大坂の町は、堀川も街区も碁盤目に通っていて、地理がわかりやすいようだ。

ちなみに大坂では東西の道が主で、通りと呼ばれ、その道幅は四・三間（約八㍍）。

これに直交する南北方向の道は、筋と呼んで、三・三間（約六㍍）の道幅であった。

いま勘兵衛が歩を進めているのは船場地区だが、この地区には東西の通りが二十三本、南北の筋が十三本ついている。

大猿の楽隠居

1

ところで勘兵衛の目に、またも異様なものが入ってきた。

次の辻の中央に、どてんと巨大な木桶が伏せられているのである。

（はて……）

通行に、なんとも迷惑な代物だが、単に木桶が置かれているだけ、というふうでもなかった。

木桶の下は、そこのところだけが石畳になっている。

木桶にもたれて、のんびり煙管《きせる》をくゆらせている男がいた。

分厚いどてら姿の白髪の老爺で、勘兵衛には左横顔を見せている。

異様な大木桶に近づきながら勘兵衛は、とりあえず右手を見た。

間近に橋が見えた。それが新町橋らしい。

橋の先に、廓のものらしい大門もある。

（すると、この通りが順慶町か……）

勘兵衛は、左に首をめぐらせた。老爺の〝髷《ちょんまげ》と左肩ごしに、長く通りが続いている。

〝髷が眺めている方向である。

〝髷とは、老人などが髪の少ないのを寄せ集めて、ようやっとに結う、あるかなきかの髷の呼称だ。

ずっとずっと先のほうまで、両側に大小の商店がびっしり軒を連ねているさまは、道幅が八間（一四・四メートル）から十間（約一八メートル）はある、江戸目抜きの日本橋通りの壮観さには、遠く及ばない。

しかし通常は道幅が四間（約七・二メートル）の江戸問屋街よりは、やや広い。

夜明けて間もないころだから、点点と見える人影は、店開きの準備にかかる住み込み丁稚《でっち》や小女《こおんな》の姿で、しきりに通行しているのは振り売り商人たちだった。

（それにしても、こいつは、なんだ？）

改めて勘兵衛は、辻の中央に置かれたばかでかい木桶に見入った。

高さも、直径も五尺（一・五メートル）以上はあろうか。

（ふむ……）

確かに木桶を伏せたもののようだが、ご丁寧にもてっぺんには蓋がつけられ、それに鉄製の鎖が幾重にもかけられ、大きな錠までついている。

なにかの判じ物であろうか、また、どのような謂《い》われがあろうか、などと首をひねる勘兵衛に、ひょいとどてらの老爺が振り向いた。

「…………」

老爺とも思えぬ眼光の鋭さは、一瞬のことだった。

男は身軽くしゃがみ込むと、石畳の上に煙管の火種を吹き落とし、草履の底で念入りに踏み消したあと、ゆっくり身を起こしながら、のどかな声音で言った。

「旅のお方でんなあ」

「はあ」

「一目でわかりまっせ。野袴やさかいなあ。おまけに腰には瓢箪《ふくべ》やおまへんか。このへんに、そんな恰好をする、お侍なんかおりゃせんからのう」

なるほど、と思った。

「というて、赴任しときはった、幕府《おかみ》のお役人とも、御役で出てこられた御家中のお方とも思えん。なんしか、無紋の十徳やさかいなぁ」

「ただの、上方見物ですよ」

老人の確かな観察眼に、これはただ者ではないぞ、と思いながら、勘兵衛は答えておいた。

「ははあ、なるほど、ご見物でっか。ほなら、そないなことにしときまひょ。それじゃあ、とりあえず、この井戸の説明でもしてあげまひょか。いったい、こいつはなんやろ、ちゅうような顔をしてましたやろ」

これまた、図星であった。

勘兵衛は、素直に応じた。

「ははあ、これは井戸ですか」

「そや。井戸やがな。そんで、この辻のことを〈井戸の辻〉と言いますんや」

「そうですか。しかし、これじゃあ……」

鉄鎖に鍵までかけたら、水を汲むにも不便ではないか。

「へえ、井戸には、ちがいあれへんのやが、はたして水があるんか、どうか……。そいつが、だぁれにもわからんのだす。というのも、ずうっと昔に、このあたりに浄国寺という寺がありましてな。その寺の墓地にあった古井戸やそうで。その浄国寺が下寺町へ引っ越したあと、埋め戻そうとしたら災厄がありましたそうでなあ」

「ははあ……」

「触らぬ神に祟《たた》りなし、っちゅうことで、井戸はそのまんまになりましたんやが、そのままやと井戸に落ちる人が出ては困る。で、まあ、ずうっと、こうゆうことになっとりますんや」

「なるほど……。いや、得心がいきました。どうもありごとうございました」

ちなみに、この古井戸、ときどきは木桶を替えながら、こののち二百年ほども辻の中央に居座り続け、ようやく埋め戻されたのは明治維新ののちであった。

老爺に一礼して、再び歩きだそうとしたところに、

「よけいなこっちゃけど、お侍はん。新町で遊ぶには、まだまだ早うおまっせ。正午くらいなら、瓢簞町《ひょうたんちょう》あたりにははした女郎が顔出ししよりますけど、ましなんと遊ぶんやったら、八ツ（午後二時）どきまで待ったほうがよろしおす」

田舎侍のお上りさんが、新町廓目当てにやってきたかと思われたようで、思わず勘兵衛は苦笑したが、

「あ、そうですか。いや……じゃあ、まあ、しばらくぶらぶらと時間をつぶしましょ

う」

もう一度、小さく腰を折ってから、老爺の横をすり抜けて、順慶町通りを、ゆっくり東へ進みはじめた。

2

いろんな店が続く。

筆墨硯屋に和唐紙屋、小間物屋や蠟燭屋などなど、商店に挟まるように種種雑多な食い物屋が並び、学塾があり、仕舞《しも》た屋らしきものもある。

江戸に見られるような、裏長屋のどぶ板通りは見当たらない。

早朝の、この時間――。

すでに店を開いているのは、八百屋や魚屋や豆腐屋などの食材を商う店や、独り者を目当ての総菜屋や、一膳めし屋くらいなもので、大方の店は、まだ閉まっていた。

大戸を下ろすような大店は少なく、猿戸《さるど》の小店が多い。

猿戸というのは、京坂に多い表戸の様式で、枢《くるる》とかサルとか呼ばれる鍵棧《かぎさん》を地中に落として、戸締まりをする仕組みになっている。

もっとも大坂では、枢がなまってコロロになって、コロロ戸などとも呼んでいた。

おもしろいのが、たいがいの店で、建物のいちばん端のほうに潜《くぐ》り口のようなものがついていることだ。

そこにも、しっかり猿戸が下ろされている。

その潜り口の猿戸が開いているところがあった。

（おや……）

多少の興味を覚えて、勘兵衛はその潜り口の奥を覗いてみた。

建物の側面に沿って、幅一間ほどの石畳が延びていて、奥に油障子の戸が見える。

通路には、中庇《なかひさし》がかかって雨露を避ける工夫になっていた。

（なるほど……）

もう少し先の潜り口から、振り売りの八百屋が出てくるのを見て、勘兵衛は合点がいった。

勝手口のようだ。

江戸では見ない光景だが、土地いっぱいいっぱいに建物がひしめいて、共有できる路地がないため、敷地内に自前の路地を作っているらしい。

勘兵衛は右に左にと目を転じ、［鶉寿司］の文字を探して歩きながら、そんな観察もした。

角家は横筋に勝手口があるようで、ほかは店構えに並んだ潜り口を通って、勝手口へ入るようだ。

（はて……）

井戸の辻から、二番目の辻の手前に木戸番屋があったが、自身番所らしいのが見当たらない。

（そういえば……）

先ほど、瓦屋根の上に火の見櫓を聳えさせている町家を通り過ぎたな。

そうと気づいて、振り返ってみる。

その軒先の大提灯に、なにかが書かれていたのには気づいていたが、［鶉寿司］と関わりがなかったので、つい見過ごした。

それで少し引き返して確かめると、大提灯には〈初瀬町会所〉と大書されている。

（初瀬町……？）

順慶町の通りではないのか、と勘兵衛は首をひねった。

いずれにせよ、この町会所というのが江戸における自身番屋のようなものらしく、火の見櫓へ上る梯子には、〈町役人之外登るべからず〉の板札がかかっていた。

さらに町会所の屋根庇の下に、粗末な小屋が建っているが、これが何なのかはわからない。

いずれにせよ勘兵衛は、初瀬町、という町名なのに首をひねりつつも、さらに進んだ。

そうすると、今度は右側に火の見櫓のある建物があり、そこの大提灯には〈順慶町五丁目町会所〉と書かれている。

ひそかに胸をなで下ろした。

弟の藤次郎から、［鶉寿司］は、順慶町二丁目だと聞いている。

だから、まだこのあたりではない、とは思いながら、それでも勘兵衛は念を入れて、注意深く目を転じながら歩く。

木戸番屋や、人に尋ねるつもりはなかった。

はじめから、そのつもりだったら、井戸の辻のところで老爺に尋ねていた。

この大坂に向かう道中で、つらつら考えたことがある。

小夜は、勘兵衛にはなにも告げず、黙って身を隠した……。

そこに勘兵衛は、小夜の強固な意志を感じている。

落花流水の、男女の仲に陥っていた期間は、一年と数ヶ月ながら、勘兵衛は小夜のなかの優しさと、その背後に見え隠れする強さも見知っていた。

ひとの優しさというのは、強さに裏打ちされて真の優しさとなる。

しなしなした優しさなどは、優柔不断に通じて、肝心なときにひとを裏切る。

たとえ勘兵衛が、大坂にまで小夜を追ってきたと知っても……。

小夜は必ずや、会おうとはせぬはずだ。

いや、再び姿を消すだろう。

小夜にその意志があるかぎり、小夜の妹夫婦からも、門前払いを食わされる可能性のほうが高かった。

では、どうすればよいか。

ひそかに［鶉寿司］を見張り、小夜が外出する機会をとらまえる以外に、方法はなさそうだ。

小夜は、罪を犯して逃げたわけではない。

大坂において、なんら人目を避ける必要もない小夜は、勘兵衛が大坂の地にあると知らないかぎり、屈託なく外出をするはずであった。

そのためにも……。

小夜に、勘兵衛が大坂にきたと知られてはならない。

それゆえ、［鶉寿司］を探している侍がいる、などと覚られる行動は、厳に控えねばならなかったのだ。

あるいは——。

小夜が妹夫婦が暮らす、［鶉寿司］内部に住居しているとはかぎらぬぞ。

などとも、勘兵衛は考えている。

小夜は、源吉とお時の老夫婦と一緒のはずだから、妹夫婦の世話で別の家に居住して、赤児を産む準備にかかっている、ということが考えられる。

だが、そのような場合でも、［鶉寿司］と妹夫婦の動向を見張れば、自ずから在所が知れよう。

そのはずだ。

（十日とはかかるまい）

勘兵衛は、そう踏んでいた。

3

やがて新たな十字街があり、そこにも木戸番屋があって、すぐ先には人の出入りが激しい建物があった。

近づくと、湯屋らしかった。

出勤前の商人や職人が湯屋に通う様子は、江戸と変わりはなさそうだ。

もっとも、この大坂では風呂屋と呼んで、江戸のように、棹の先に弓矢をぶら下げた湯屋の目印はない。

代わりに、長暖簾に大きく〈ゆ〉の文字が書かれ、その上の唐破風《からはふ》の屋根は、まことに堂堂として［弁天ぶろ］の額が掲げられている。

四丁目の町会所を過ぎ、井戸の辻から数えて六つ目の辻の木戸番所を見たあたりから——。

（なるほど……）

ようやく勘兵衛は、この大坂の通りの地理が理解できた。

つまり大坂の通りというのは、東の端が起点で、そこから一丁目、二丁目というふうに西へと延びるのだ。

それを、いま勘兵衛は逆に進んでいる。

ということは——。

先ほど四丁目の町会所を過ぎて、その木戸を抜けた今、進んでいる町中は順慶町三丁目、ということにほかならない。

（すると二丁目は……）

もう、まもなく……という気持ちが、少しばかり勘兵衛の足を速めた。

ずっと先の右手に、火の見櫓を載せた町家が見える。

（あれが三丁目の町会所だろう）

あれを過ぎれば、いよいよ——。

と、さらに足が速まりそうになった勘兵衛が、

（む……！）

三丁目の町会所まで、まだまだというのに——。

右手に［鶉寿司］の屋根看板を見つけて、思わず足を止めた。

間口三間ほどの二階屋で、屋根看板は一階屋根に据えつけられていた。

（ふむ……）

まだ三丁目のはずだが……と訝《いぶか》りつつも、ここに小夜がいるのか、と勘兵衛の気持ちは高まった。

右隣りは蕎麦屋で、早朝の客目当てか、すでに営業をしているようだった。

店前で、あまりしげしげと［鶉寿司］を観察するのも憚られた。

それで、さりげなく通り過ぎ、斜め向かいにあった用水桶の陰から、じっくり眺めた。

名物諸子《もろこ》寿司　雀寿司　鰻押し寿司いろいろ

軒看板に、書かれている文字だ。

ほかの多くの店同様に、猿戸はまだ閉まっている。

見上げると、二階部分は連子格子になっていた。

屋根看板が一部を隠しているが、格子の奥は障子戸か。

二階にも座敷席があるのだろうか。

寿司屋の二階、蕎麦屋の二階、といって、江戸において男女密会の場所として提供されるならいは、この上方からの伝播だと聞いたことがある。

そんなことを思いながら勘兵衛は、ぼんやり二階の格子戸を眺めやっていたのだが……。

（や……！）

ふと、その二階からの視線を感じたような気がして、そちらに目をやった。

（…………）

しかと見取ったわけではないが、格子の奥の障子戸が、急いで閉められたような気配があった。

（まずいな……）

感じると同時に、勘兵衛は天水桶のところから動いた。

斜めに道を横切って、二階の連子格子からは、死角になる場所に身体を移した。

（まさかと思うが……）

小夜に見られたのでは、あるまいな。

勘兵衛の顔を知る、源吉やお時という可能性もある。

そんな不安を抱きながら、しばらく店先を眺めていると、やがて潜り口の戸が開いて、女が姿を現わした。

小夜ではない。

一瞥したところ、まだ十代の娘に見えた。手には箒《ほうき》を持ち、赤い襷《たすき》をかけて、前垂れをしている。

一瞬、あれが小夜の妹のおかよか、とも思ったが、それにしては若すぎる。

小女であろうか——。

勘兵衛が次には娘に背を向けて、ゆっくり東へ歩きはじめたのはほかでもない。

前垂れの娘が店表を掃きながら、往来に目を配っている気配を感じたためだ。

（ふむ……）

なにか、おかしいぞ。

勘兵衛のなかに、小さなざわめきが動いた。

次の辻のところで、右の横筋に入った。

勘兵衛は知るよしもないが、難波橋筋と呼ばれるところだ。

その筋にも、小店や町家がひしめいている。

主に右手、［鶉寿司］の方向を確かめながら、進んだ。

あるいは横路地でもあって、［鶉寿司］からひとが出入りできるかどうかを知りたかった。

それらしい路地はなさそうだ。

すると、先ほど勘兵衛が感じた、二階からの視線の主が、仮に小夜だったとしても、通りに出てくるのは、あの潜り戸以外にはない。

それだけを確かめると、急ぎ足で先の辻まで戻り、角の店角からそっと左を覗く。

小女らしい娘は、まだ店先を掃いていた。

その身のこなしを眺めていて、

(…………)

ただの小女とも思えぬ——。

娘の身ごなしに、武術の心得がある、と勘兵衛は見てとった。

(どういうことだ……)

胸のざわめきは、なにか不穏のものに変わっていた。

清掃を終えた娘の姿が消えて、勘兵衛は再び通りに出た。

(それにしても……)

今ひとつ、釈然としないことがある。

風呂帰りらしい、通行人に声をかけた。

「ちょっと、お尋ねするが、このあたりは何丁目でござろうか」

「へ、ここらは……」

職人らしい若い男は、周囲をきょろきょろと見まわしてから、

「三丁目でっけど……」

「さようか、いや、すまなかった」

「いえ、いえ……」

過ぎていった。

（ふむ、やはり三丁目か）

弟から聞いていたのは二丁目である。

ひょっとしたら、同じ名の店があるのかもしれない。

まずは、それを確かめねばならない。

再び、勘兵衛は順慶町通りを東へ向かうことにした。

4

結局のところ、二丁目にも一丁目にも、［鶉寿司］という同名の店はなかった。

（つまりは、藤次郎がまちがえて教えた、ということか……）

そう思わざるを得ない。

それで通りを引き返しはじめた勘兵衛だが、古手屋《ふるて》らしいのが店開きの準備にかかっているのを見て、ふと足を止めた。

店先から飾り板のようなものを跳ねあげて天井とし、そこからは古着だの合羽だの、雑多なものが吊り下がっている。

さらには道に床几台を押し出して、そこにも櫛だの印籠だの煙管だの、といったいろんな古物を並べていた。

勘兵衛が目に留めたのは、何種類かぶら下がっている笠であった。

旅の間に使ってきた菅笠を、うっかり旅籠に置いてきた。

失敗だったと思う。

「かまわぬか」

まだ準備中の、亭主らしい中年男に声をかけると、

「まいど、おおきに。なんぞ、お探しのものでも、おまっかいな」

まことに愛想がいい。

「うむ。そこの笠を見せてくれるか」

「こりゃ、お目が高い。へい。なかでも、この塗笠は、つい先日に仕入れたばっかしのもので……、ごらんのとおりに、こぉとなものでございまっしゃろ」

こぉと、とは大坂弁で、上品で質素という意味だが、勘兵衛には通じぬ話である。

表が黒漆、裏は銀の箔置きで、濃紺の細手の真田紐の塗笠は、亭主が言うように上等な品のようではあったが――。

「ううむ。塗笠なあ。普通はおなごが使うものであろう」

「なにを言いはります。旅のお方やとお見受けするんで言いますがなあ。大坂御勤番のお役人やお侍さん方が、新町通いのときにつけるのが、この塗笠でおますがな。ほかの菅笠や饅頭笠なんかかぶった日には、一目で、お上りさんと見られてからに、ケツの毛羽《けば》までむしり取られまっせ」

なるほど、そういうものか、と勘兵衛が納得したのは、井戸の辻のところでも、同じようなことを老爺に言われたからである。

どうも、この大坂というところは――。

身なりから、ひとを判別するふうがありそうだ。

つまり、町には異質な存在として、人目についてしまうのだ、と勘兵衛は思った。

そういえば、旅籠を出てよりこちら、一人として武士には出会わなかった。

江戸では、考えられぬことである。

それだけでも、目に立とう、と思われた。

「よし。じゃあ、それをもらおう。ついでといってはなんだが、風呂敷もあるか」

「へいへい。いろいろとございまっせ」

店先を借りて、勘兵衛は、まず野袴を脱いで着流し姿になった。

腰から瓢箪もはずして野袴にくるみ、風呂敷包みにして、

「すまぬが、預かってもらえるか」

銀の小粒を見せながら言うと、

「へえ、おやすい御用だす」

古手屋は、揉み手をした。

塗笠をかぶった。

これで、多少は町に馴染むだろうか。

自信はないが、面体を知られぬだけでも動きやすかろう。

その姿で、［鶉寿司］近くまで戻った。

左隣りの煙管屋が開店の準備中らしく、古手屋と同じく天井板を跳ねあげ、道に床几を張り出させ、斜めに竹簀《たけす》を立てかけた上に、箱入りの煙管を陳列している。

肝心の［鶉寿司］のほうに、まだ開店の気配はない。

そろそろ多くの店が開店の準備にかかりはじめたようで、町に活気が出つつある。

だが、まだ通行人は少ない。

（さて……）

いよいよ見張りに入るわけだが、適当な場所を確保する必要があった。

一日じゅう、往来をぶらぶらするわけにもいかないし、それが何日続くともわからないのだ。

（できれば、店表を見通せる宿があればよいのだが……）

そう思いながら、勘兵衛はゆっくり三丁目の通りを西に歩いた。

［鶉寿司］の向かい手前にあたる北の角は、煎餅屋だった。

次が小間物屋、煮売り屋があって、書肆《しょし》、金物屋、うどん屋と続いてその店脇に、先ほどの用水桶があった。

（うどん屋で、ねばったところでたかがしれている……）

候補のひとつには入れながら、先に進む。

次の饅頭屋が、ちょうど［鶉寿司］の向かい側にあたった。

すでに開店して、店先に置かれた蒸籠《せいろう》からは、水蒸気が立ちのぼっている。

（おや……）

［鶉寿司］はまだ閉まっているが、潜り口の向こう、西側には、ひとの背丈以上はある置き看板が出されていた。

そしてそこには、箒が立てかけてある。

小女とも思えぬ娘が店表を掃いていたのは、少し前のことだったが、まだ終わってはおらぬのか——。

そんなことを考えながら、四丁目の木戸近くまでくまなく観察したが、やはり見張りに適した旅籠などはない。

これが江戸ならば、人脈をたどって、どこぞの二階部屋でも借り受けられるのだが、いかんせん、右も左も不案内な大坂であった。

といって、闇雲に入って、部屋借りを頼むというわけにもいくまい。

（ふむ……）

踵《きびす》を返し、またも東に向けて歩きながら気づいたことがある。

一軒の町家の前道に筵《むしろ》を敷いて、薪を積み上げた上に腰かけている、どてら姿の男がいた。

防寒のためか、手拭いで頬被りをしている。

横には二輪の荷車があり、そこにも同じような風体《ふうてい》の男がいた。

大八車とは少しちがい、荷台に二輪をつけたもので俗に〈べか車〉と呼ばれているものだ。

先手が綱で曳《ひ》き、もう一人が後ろから押すというふうに二人がかりの荷車で、大八車よりは小型軽量で、狭い道にも入ることができる。

余分なことだが、大坂では橋を傷めるので、こういった荷車の橋の通行は、すべて禁止されていた。

それはともかく――。

他人の店先で、薪を商う二人組の露天商らしい。

(この手もあるか……)

露天商に化ければ、まる一日を、この通りに座り込んでいても、怪しまれはしないだろう。

その算段は、のちのこととして、とりあえずは、きょうをどう過ごすかだ。

(おや……)

饅頭屋に近づいたころ、[鶉寿司]の勝手口に、印半纏《しるしばんてん》の男が入るのを見た。

(御用聞きだろうか)

塗笠の下から目を光らせながら歩く勘兵衛は、またもやどこからか、自分を見つめている目を感じた。

今度は[鶉寿司]の二階からではなく、前方からのようである。

(む……)

姿勢もそのままに、塗笠の陰から目だけを動かした勘兵衛の視線の先に、老爺の姿があった。

井戸の辻にいた老爺である。
板行屋《はんこうや》の店先に立っていた。
面体が隠れている勘兵衛は、素知らぬふりで歩調も変えず通り過ぎた。
老爺は声をかけてこなかった。
だが、薄笑いを浮かべていたようである。
（なにものだ？）
やはりただ者ではないぞ、と勘兵衛は思った。

5

さて落合勘兵衛が——。
（ただ者ではない）
と感じた老爺は、まさにただ者ではなかった。
名を源蔵《げんぞう》といって、正確な年齢は本人にすらわからない。
大坂市中では、大猿《おおざる》の楽隠居、とか大猿の親分、などとも呼ばれている。
順慶町より南に道頓堀《どとんぼり》という東西の堀があり、その堀筋は俗に〈道頓堀川八丁《かわはっちょう》〉

と呼ぶ八つの町からなる。

そのひとつ、九郎右衛門《くろえもん》町《ちょう》が源蔵の住むところであった。

周囲は、七大夫芝居や久左衛門芝居などの四座からなる歌舞伎街だ。

つまりは歓楽街にあたる。

源蔵は、九郎右衛門芝居（のちの中座）の芝居茶屋［大猿屋］の創業者であり、今は息子に継がした隠居であった。

その源蔵の来歴を知る者は少ないが、ずっと昔は〈猿〉と呼ばれて、市民に蔑《さげす》まれる存在であった。

〈猿〉とは目明かしのようなもので、江戸の目明かしが、市民からひそかに〈狗《いぬ》〉と呼ばれて蔑まれるのと同様のことなのである。

大坂町奉行所の与力や同心から声をかけられて、奉行所のために働くところまでは江戸と似ているが、大坂の〈猿〉は、同心と一緒に行動をとることもなければ、探索もせず、捕り物にも出ることはない。

密告専門であった。

密告をするからには、裏社会に通じていなければならないわけで、源蔵には、それ相応の過去と生活があったのであろう。

大坂三郷と呼ばれる市街地に、いったいどれほどの〈猿〉がいるのか定かではないが、源蔵ほど名と顔を売った者は数少ない。

なにしろ、長らく大坂町奉行所の〈猿〉をつとめながら、川八丁に芝居茶屋を開いたときには、それこそ周囲を〈あっと言わせた〉ものだ。

女房に駄菓子屋をやらせる、とか、小料理屋や酒肆《しゅし》を開かせた、というのとは規模《けた》がちがう。

しかも開き直って、屋号を［大猿屋］とつけたのが、大いに受けた。

まあ、それはいい。

この源蔵、芝居茶屋の主となったあとも、いや隠居となった今も、まだ〈猿〉をつとめているのであった。

その源蔵が——。

（ふうむ。やっぱし、あの小僧……。ただのネズミやなさそうやな……）

なにやら気にかかる動きを見せていると思ったら、短い間に、塗笠、着流しの姿に変わっている。

（非道の輩《やから》とは、思われへんけど……）

多少の外連《けれん》は感じたが、表情には一途さが漂っていたし、なにより物怖じしない眸《ひとみ》が魅力的な若者であった。

（なにものやろな……？）

源蔵もまた、勘兵衛と似たような感想を胸に落とし、［荒砥屋《あらと》］と書かれた油障子の店に入った。

「邪魔するでぇ」

摺り物が並ぶ台のところから、源蔵が声をかけると、

「こりゃ親分さん。えろう、早うからご苦労さんですなぁ」

ここの主人で孫兵衛《まごべえ》というのが顔を出してきた。

「いやいや、薮から棒《ボォ》に、えらい無理を頼んで、すまんこっちゃ。子細は言えんけど、よろしゅう頼むで」

「へいへい。羽織の紐《ヒボ》でんがな」

上方のシャレで、胸にある――承知している、と言ったのである。

「それより、さっき、千吉《せんきち》はんがきはったんで、二階の部屋に通しときましたで」

「もう、きよりましたか。そりゃ、すまんこっておますなぁ。じゃ、勝手に上がらせてもらいますよってに、あとのことは、なぁんも気ィ遣わんといてくだはいや」

「へぇへ。へい、階段上がって、取っつきの部屋でっさかい」

孫兵衛は三十半ば、この順慶町三丁目で、［荒砥屋］という板行屋を営んでいる。

板行屋とは、今でいう出版社であるが、版木を彫り、摺り師に摺らせた出版物を、自ら売る書店も兼ねていた。

ここより北の大伝馬町にある［鱗形屋《うろこがた》］で、十数年の版木彫りの修行ののち孫兵衛は、数年前に独立して、この地に書肆を開いた。

自ら版木もおこし、版木職人や摺り師も雇い、徒弟を住み込ませて版木彫りも教える、となかなか精力的な男であった。

〈霊験記〉や〈庭訓往来〉、近ごろは一枚刷りの役者絵も刊行して、店売りもする。

余談ながら、これより七年ののち、かの西鶴の〈好色一代男〉を出して大当たりをとるのがこの男だ。

「あ、おやっさん。おはようございます」

源蔵が階段取っつきの二階部屋の襖を開くと、表通りの障子のところにへばりついていた若い男が、ぺこんと頭を下げた。

「はい。おはようさん」

「さっそくでっけど、今さっき、勝手口のほうから、印半纏の男が入りよりましたで

……」

さっそくに言った。

千吉といって、源蔵の手下の一人であった。

もう一人、与吉《よきち》という若者も一緒だ。

「それやったら、わしも見てきた。半纏の裾に鯛がはねとったから、魚屋かなんかの御用聞きやろ」

「そうでっしゃろな」

答えた千吉は、傍らの与吉に、

「おい。よう見張っとけよ」

と命じて、源蔵に面した。

「で、どうやった」

「へえ。健太《けんた》のことでっしゃろ。朝一番に確かめてきましたがな。金田町《かねだまち》の長屋に、両親や弟と、ちゃんとおりましたで」

「ほうか。そんで……」

「へえ。健太が言うには、[鶉寿司]を馘《くび》になったわけやあらへん。ちょっと事情があるさかいに、しばらくのあいだ休んどき、ということらしおまっせ。へえ、給金は休んだ分も払うからと言われたそうでおます。ええっと、それが七日ばかり前やと言いますがなあ」

「ふうん。よう、わからん話やなあ」

「へえ、ほんで、どんな事情があって、そんな分《ぶ》のええ休みをもろうたんじゃ、と尋《たん》ねたんやけど、口止めでもされておるんか、わからん、などとぬかしよるんで、ちょいと脅しつけてやりました」

「これこれ。ガキを脅かして、どないすんねん」

「すんまへん。そやけど、健太がちょろっと漏らしたんは、あの寿司屋……。この八月くらいから、ちょっとばかり様子が変わってきたようでっせ」

「ふん……？」

「客ではなさそうな人の出入りが多うなって、なにかの連絡所みたいになってたそうで……。ときどきは侍もやってきて、その使いもさせられた、と言いますねん」

「ふうん、連絡所なあ……」

「なんか。おかしな具合でっせ。第一、あんなところに押し込んだところで、たいした稼ぎになりませんやろ。ほんまに、押し込みがありますんかいな」

千吉が、疑わしげな声音になった。

「とにかく見張っとけばええんや。よけいなことまで、気ィまわしなはんな。それが、わいらの分《ぶう》いうもんや」
厳然とした口調で、源蔵は言った。
事の起こりは、きのうのことであった。

順慶町［鶉寿司］

1

隠居部屋の炬燵《こたつ》で、ちびちび酒を含んでいた源蔵のところに、［大猿屋］の女将をしている伜の嫁がやってきた。

柏木重太郎《かしわぎじゅうたろう》はんが見えてはります、と息を弾ませながら言う。

幕間《まくあい》の客を休息させて料理を出し、再び芝居小屋の桟敷《さじき》席に案内を終えて——。

と芝居茶屋にとっては、もっともあわただしいひとときが、ようやっとおさまった午後のころあいである。

——なんやいな。あんさんの裁量で、適当な空き席にもぐりこましたりぃな。

大坂町奉行所の与力や同心が役得で、非番のときに芝居見物にやってくるのは、いつものことであったのだ。

――ちゃいまんがな、おとうはん。柏木の旦那は、おとうはんに話があると言うてますんや。なんや、しちむつかしそうな顔してはりましたで。ちょっと、顔出しておくんなはいな。

――柏木の旦那がか……。

首を傾げた。

ついぞ、ないことである。

柏木重太郎、というのは、大坂東町奉行所の与力で、盗賊改方であった。

町奉行は、大坂、京都、奈良、駿府や日光など、全国で十三ヶ所に置かれた遠国奉《おんごく》行の扱いで、〈町奉行〉の名を冠するのは、京、大坂、駿府、江戸の四ヶ所のみである。

だが江戸は将軍家のお膝元で、もっとも重要な土地柄であったから、遠国奉行にはあたらず、町奉行は幕府では要職中の要職であった。

それで単に町奉行というと、これは江戸の町奉行のことを意味した。

大坂町奉行や京都町奉行などは、仕事の内容はよく似ていても、組織や制度（システム）というものが、微妙にちがう。

江戸では南北の両町奉行所合わせて、与力が五十騎、同心が百二十人。

そんなわずかな数で、江戸八百八町五十万都市（この当時）の治安を、よくも維持したものだ、と現代に生きるわれわれは、ただ驚くしかない。

これが大坂となると、東西二つの町奉行所があって、合わせて与力六十騎、同心が百人であった。

しかしながら、この人数で大坂三郷のみならず、摂津、河内、和泉、播磨の四ヵ国の天領地支配を一手に受け持っているのだから、その忙しさたるや、すさまじい。

おまけに……だ。

江戸では、町奉行所とは別に火付盗賊改方という特別警察があるが、これも兼任しなければならない。

さらに、寺社奉行の仕事までがくわわる。

もう、とてもではないけれど、手がまわらない——のであった。

江戸の比ではない。

だからというわけではないが、ついつい町の治安に関しては、市民の自治にまかせて手薄にもなるのだ。

斬ったはったの凶悪事件こそ少ないものの、こそ泥、空き巣に押し込み強盗などは日常茶飯事で、まさに泥棒天国の町なのであった。

のちに大坂西町奉行をしていた久須美祐明《くすみすけあきら》という人物が、久須美祐雋《ゆうせん》という筆名で『浪華の風』という大坂時代の回顧録を書いている。

そこには——。


盗難などを防ぐことは甚《はなは》だ粗略なり。たとへば夜中も戸〆《とじま》りを忽《おろそか》になし、又は家内尽《ことごと》く出行するに、只《ただ》戸を閉置くのみにて、〆《しま》りもなくして盗人にあふもの、昼夜比々《ひんぴん》としてこれあり。


などと記して、大坂市民のだらしなさのせいにしてしまっているが、利にさといと言われる商人の町が、戸締まりを怠るはずがないではないか。

先にも書いた猿戸で、しっかと戸締まりをして、夜間に来客があったときは、覗き口から面体を確かめたうえで、コロロを上げるというくらい慎重であった。

だから、どうにも、自己弁護の匂いがする。

それは、ともかく——。

もちろん、大坂町奉行所だって手をこまねいているわけではなかった。

しかし商都の特殊性から、商取引上の訴えが町奉行所には目白押しで、とても刑事事件にまでは手がまわらない、というのが実情であった。

それでも市街地である大坂三郷だけは、定町廻り同心が、町町の町会所を巡回した。

定町廻り同心は、江戸では独立した存在だが、大坂では上司がいる。

すなわち、定町廻り与力というのが、東西の町奉行所を合わせて四人いて、それぞれが二人ずつの部下（同心）を持っていた。

実際の巡回《パトロール》は、計八人の同心たちで地域を分担しておこなう。

このときそれぞれの同心に小者が四、五人ほどつくが、その役を担うのが四箇所《しかしょ》の〈若キ者〉である。

このころ、大坂町奉行所と連繋して、大坂三郷で町の治安維持にあたっていたのが、千日前《せんにちまえ》、天満《てんま》、天王寺《てんのうじ》、鳶田《とびた》に置かれた垣内番《かいとばん》と呼ばれる番人であった。

四ヶ所あるので、四箇所と総称される。

それぞれの垣内番には長吏《ちょうり》がいて、その下に二老《にろう》、組頭、小頭と続き、小頭に束ねられているのが〈若キ者〉だ。

さらにその下には、弟子という者もいる。

このあたりが、大坂町奉行所の大きな特色である。

とはいえ、その四箇所の頭《かしら》である長吏のうちには、みずから夜盗ばたらきをする者もいたくらいだから、やはり大坂は泥棒の天国であった。

江戸の町奉行所については、星の屑ほどものの本に書かれているけれど、信頼のできる資料が少ないせいで、大坂町奉行所について書かれたものは、ほとんどない。

それで、つい、説明が長くなった。

お詫びを乞う。

2

ところで大坂で、江戸の火付盗賊改方にあたる役はというと、盗賊改方与力が、東西の大坂町奉行所に各一人ずつ、部下の同心がそれぞれの与力に二人ついていた。

その合計六人で、火付、盗賊、博奕、暴行などの刑事犯の捜査や逮捕、吟味までおこなわなければならない。

それも、大坂三郷だけではない。

先ほどにも書いた摂津、河内、和泉、播磨の四ヵ国の、すべての犯罪に、朝廷の御料、私領の取締りまでがくわわるから、手がまわらないであたりまえなのだ。

それゆえに、あちこちに密告者を配して、その密告によって犯人を割り出すという方法に頼らざるを得なかった。

いわば苦肉の策であるが、そのよるところが〈猿〉であったわけだ。

だがこの〈猿〉というのは、捕り物にはいっさい関わらない。

先ほども書いたが、密告専門なのであった。

というより、与力も同心も、あくまで文官であって、自らは捕縛にもあたらなければ、指揮さえもしない。

で、いざ捕り物というときだが、江戸なら定町廻り同心が指揮をとり、小者や手先たちが働くのであるが、大坂では多少、趣《おもむき》が異なる。

大坂三郷においては、実際に捕縛の指揮をとるのは、垣内番の長吏や二老である。

これを監督する役として、盗賊捕方同心という独立した役があったが、これも文官だから実際の指揮まではとらない。

垣内番の、〈若キ者〉たちが捕縛にあたるのだ。

もう少し詳しくいうなら、この〈若キ者〉は、定町廻り同心の供をする小者であり、また内偵や探索、そして捕縛の役にもあたるところは、江戸の目明かしと変わらない。

ちがうのは、江戸の目明かしが個人的に同心から手札をもらって、といった本人の意志によるものなのに比べ、かれらが当時の身分制度に縛られていた点だ。繰り返しいうが、かれらは四箇所長吏の支配下にあったのである。

あと大坂町奉行所には、盗賊所御役所定詰方同心というのがあったが、どんな仕事をしていたかが定かではない。

いずれにせよ、犯人捕縛の機構《システム》は、京においても似たり寄ったりであった。

さて、それで大捕り物ともなると、かつての活動写真に見られるように、無数の捕吏たちが十重《とえ》二十重《はたえ》に大盗人を包み込んでの大活劇、といった様子であったらしい。

さらにはそれが、のちの時代劇映画にも踏襲された結果、それが、あたかも江戸の捕り物の光景だと誤解されていることが多い。

というのも、当時の活動写真も映画も、京都や大阪を中心に撮られていたから、自然と京、大坂の捕り物風俗が入ったためだそうだ。

またまた、横道に入りそうになった。

（はて、なんやろう）

源蔵が首を傾げたのも、無理はない。

密告者としては、巷間の風聞を探り、おそれながらと、そのとき月番である東西いずれかの大坂町奉行所まで出向くのであって、盗賊改方の与力自らがやってくることなど、あり得ないのであった。

このころ、大坂の東西の町奉行所は、大坂城北口である京橋口門外に並んで建っていた。東町、西町の名称は、単に両町奉行所の位置関係にすぎない。

盗賊改方与力の柏木が、芝居見物ならいざ知らず、わざわざ出向いてきたというのが、どうにも腑に落ちなかった。

「実は、ちょっと頼まれてほしいんやが……」

四十代半ばの柏木が、開口一番に言った。

――へえ、なんでっしゃろ。

――うん。実はな……。

しばし口をもごもごさせたのち、柏木が言うには――。

――なんでも、順慶町あたりで押し込みが、ありそうやというんや。

――へえ……。

源蔵にとっては、それがどうした、という気分である。

どこの〈猿〉からの垂れ込みかは知らぬが、源蔵には関わりのないことであった。

――……。

柏木が無言で、じっと源蔵を見つめてくるものだから、仕方なく言った。

――で、わてに、どないせえと言いはりますんや。

――さ、そこや。

勢いを得たように、柏木は声に力をこめた。

大坂町奉行所の与力や同心は、すべてが地侍の世襲制だから、上方のことばを使う。

――実は、この話、御奉行から、直じきに命じられたことなんや。

――へ！

なんと密告の主は、大坂町奉行自身だというのか。

――そりゃ、いったい、どういうことでんねん。

驚いたあと、思わず源蔵は尋ねた。

――順慶町三丁目に［鶉寿司］という寿司屋があるそうで、狙われとるんは、そこや。それを、おまえに探ってもらいたんや。

――そこが、わからん。なんで、そんなんが、わてのところにまわってきますねん。筋がちがいまっしゃろ。

町町には〈垣内番所〉というものが、主に町会所の軒下に粗末な小屋が建てられて、そこには交替で、〈若キ者〉が何人か、昼夜を分かたずに詰めていた。

繰り返すが、内偵、密偵、探索の類も、すべては、そんな〈若キ者〉の職分に入っている。

——もちろん、さっそくにも根治右衛門《ねじえもん》を呼び出し、近間《ねき》では人員を増やして、不測の事態に備えるようにと申し渡しておいたわい。

根治右衛門というのは、千日前の長吏である。

ちなみに処刑場のある千日前は、この道頓堀とは目と鼻の先である。

また長吏は、血縁による世襲制で、苗字までは許されないが、帯刀を許されて、徳分と呼ばれる役得があった。

柏木が続ける。

——ただな、俺にも子細はわからんのやけど、ただの押し込みとは、ちゃうみたいやねん。古狸のおまえに、様子を探らせよ、と言われたのは御奉行さま、ご本人や。

「え、石丸《いしまる》さまが……、でっか？」

さすがの源蔵も、目が丸くなったが——。

——そんな冗談《テンゴ》言うてもろたら、困りまんがな。石丸さまが、わてみたいなもののことを、知っとうはずがおまへんやろ。

——そりゃ、わしも驚いたわい。しかし、名指しにちがいはあれへんぞ。なにしろ、あの石丸さまじゃからなぁ。

──ははあ……。

源蔵にも、感じるところ大なるものがあった。

だいたいに、大坂町奉行などというものは──。

　御奉行の名さえも知らず年暮れぬ

と詠《よ》まれるくらい、大坂市民には、まるで縁も関心もない存在であった。

しかし、石丸定次《さだつぐ》だけは例外であった。

名奉行だったのである。

江戸城、御書院番の職にあった石丸が、大坂東町奉行として赴任してきたのは、これより十二年前の六十歳のときであった。

普通なら、そろそろ隠居する年ごろの老人でもあったので、期待する者など、誰もいなかった。

穏やかな好好爺の風貌だというから、なおさらであったろう。

ところが、である。

そのころ大坂では、商取引における紛争が紛争を呼び、市中のそこかしこで血みどろの暴動が起こって、騒然としていた。

仮に油を例に挙げれば、それまで菜種油が市場を席巻していたのが、綿油を加工した白油の発明によって、またたく間に白油の需要が増大した。

そこに問屋ごとに取引の方法がちがうものだから、値段や量目《りょうめ》も、まちまちであった。

それゆえに隣り町同士で、油の小売値が、まるきりちがうということが起こるし、値も乱高下する。

そういった利害の対立から商人同士の紛争が起こり、市民は市民で値上がりに怒って暴動が起こる。

これを石丸は、それまで自由競争だった大坂に、取引法を一定させ、株仲間組織を持ち込んで、短期のうちに見事に解決した。

この石丸という男、実は若いころ長州藩の藩主が幼いため藩政が乱れ、それを幕命で長州へ赴いて、〈鬼石〉とおそれられた男であった。

その剛腕は健在だった。

ただ、剛腕なだけではない。

実は近年、全国的に大雨による水害が多い。

畿内においては――。

特に昨年の六月、夜半より降り続いた大雨によって、玉櫛川（大和川支流）の二重堤が決壊して、濁流が下流域に走り抜けた。

それをきっかけにして、大和川流域では実に三十五ヵ所の堤防が決壊して、北は枚方、南は堺にいたるまで、町・農家を流失させて、見渡すかぎりの泥海と化す大水害となった。

奔流する洪水は、さらに天満川を逆流させて大坂市内にも及び、大坂城北の京橋と備前島橋を崩落させたほどだ。

これにより、摂津、河内方面から民は吉野山に逃れ、その山中は、一万人近い窮民で埋まった。

そこで石丸は、幕府に救済と抜本的な対策の具申を繰り返したが、幕閣の返事は色よいものではなかった。

わずかに幕府は、この三月になって大坂・鈴木町にある東番所代官と、本町橋詰めの西番所代官に、次のように命じただけである。

それは――。

吉野山山中の一万八千六百人に米を給し、摂津、河内、一国の飢民《きみん》、三万六百九十人に対し、男一人に一日米三合、女一人に二合を給すること（厳有公記による）、という内容であった。

それもわずかな期間だけで、抜本的な対策は棚上げにされてしまったのだ。

そこへ今年になって、またも同様の水害が起きた。

そこで石丸は幕命を無視して、私財をもなげうって、窮民の救済と対策に力を注ぎはじめた。

一方の西町奉行は彦坂《ひこさか》九兵衛《きゅうべえ》重治《しげはる》（のち重紹《しげつぐ》）といって、もう十四年も当職にあるが、遅れず、休まず、働かずの、役人の本道を歩む人物である。

五十五歳という働き盛りの彦坂が、そんな体たらくなのに比して、石丸は七十二歳、その老骨に鞭打って民のために奔走する姿は、いやが上にも目に立った。

それで近ごろは、〈時の氏神〉と呼ばれはじめている。

3

その氏神さまが、特に源蔵を名指しして、［鶉寿司］の周囲を探れという。

——ははあ……。

ただ単純に源蔵は感激して、その命《めい》を引き受けた。

（こりゃ、裏になにかありそうやが……）

ただの押し込み強盗……などではない、と源蔵は感じた。

問題は東町奉行の石丸さまが、どのようにして、そのような情報を得たのか、という裏事情にかかっている。

といって、その裏側は見当もつかない。

間に立った盗賊改方与力の柏木でさえ、なにも事情は知らされていないらしい。

そのくせに……。

——ほんでなあ（それでなあ）。

源蔵が引き受けたとたん、柏木は語調を変えて、

——ところで源蔵、ちょぼっと耳を貸してみぃ。

手招きしたうえで、源蔵の耳元に、ぼそぼそと耳打ちをはじめた。

——ええっ！

仰天の声をあげたのち、源蔵が——。

——そりゃ、どういうこってすねん。

ぽかんと口を開けて見せたが、内緒の耳打ちをした当人の柏木までが、思案に暮れ

たような顔になっている。

そして言った。

――そやから、俺にも子細はわからんと言うたやないか。ともかく、石丸さまの密命や。ええな。密命やよってに、どないなろうと、まちごうても御奉行や俺の名は出すんやないぞ。貝になれ。

――へぇへ……。

(ふうん、密命か……)

ようはわからんが、なにやら、おもろそうやないか。

久方ぶりに、源蔵の血はたぎったのである。

(こりゃ一丁《いっちょ》、ふんどししめて、かかったろかい)

すっかりやる気になった源蔵は、柏木が戻ったあとすぐに、心利いた手下を数人選りすぐって集めると――。

極秘裏のことゆえ、目立たぬよう、人の口には立たぬよう、あくまで内内に動くのだぞ、と念を押したうえで、

――順慶町三丁目に［鶉寿司］というのがあるそうや。どんな話でもええ、それとのう近所から噂を集めてこい。ええか、あんまりしつこう聞くんやないぞ。そやなぁ。

ぱぱっとやって、夕刻までには戻ってこい。
と命じた。
こうして、夕刻には、いくつかの情報が集まった。
それらを整理していくと、次の五点に絞られた。

一　［鶉寿司］が開店したのは、この七月の初めで、まだ半年にもならぬこと。

一　主人の信吉は、以前に七郎左衛門町の［河内屋長兵衛］店の寿司職人で、女房のおかよもまた、同店の小女であったこと。

一　女房のおかよは、おめでたらしく、最近、腹が目立ちはじめたこと。

一　店の休日は、一、十五、二十八日であって、営業は通常どおりに続けられている。ただし近ごろは模様替えのため、二階席に客を上げていないこと。

一　以前は夫婦二人に、通いの仲居と小僧とで店を切りまわしていたが、このところ、新たに住み込みの小女が入り、仲居と小僧の姿が見えなくなったこと。

——ふうむ。住み込みが入ったんか。

源蔵が言うと、それを聞き込んできた千吉が答えた。

——女房が腹ぼてになったからと、ちゃいますやろか。

——うん。しかし、仲居や小僧の姿が見えんようになった、ちゅうんが気になるなあ。

源蔵は、しばらく考えたのち、

——なあ千吉、順慶町三丁目というと、あの［荒砥屋《あらとや》］から近いんかい。

板行屋の［荒砥屋］とは、源蔵の芝居茶屋で使う摺り物をはじめ、芝居絵も扱っているから顔見知りである。

——近いもなにも、ちょうど斜め向かいになりまっせ。

——そら、うまい具合や。千吉、わしが一筆書くよってに、おまえ、［荒砥屋］の孫兵衛さんに、わけは聞かんと、表通りが見える二階の部屋をなあ、あしたから、ちょいとしばらく貸してはもらえんやろか、と頼んできてくれるか。

——へえ。

――ふん。それからな。ついでというてはなんやけど、近ごろ見かけんようになったという仲居や小僧のことや。どこの誰かくらいは調べられるやろ。

――へい。大きなウワバミで……。

すべて飲み込んだ、という大坂のシャレだ。

千吉が、［荒砥屋］の承諾とともに、［鶉寿司］の仲居のことはわからなかったが、小僧のほうが、金田町の長屋に住む下駄職人の倅で、十歳になる健太だと調べをつけて戻ったのが、昨夜のことであった。


そして、翌朝の――。

早朝から順慶町通りをひと眺めしてきた源蔵が、［荒砥屋］の二階で千吉、与吉の手下と合流した場面に、再び戻ろう。

千吉は、細く開いた障子の隙間から、斜め向かいの［鶉寿司］の様子を窺って、あんなところに、ほんとうに押し込みがあるのか、と訝っていた。

それに対して源蔵は、

――よけいなことまで、気ィまわしなはんな。それが、わいらの分《ぶう》いうもんや。

と、たしなめた。

（なにしろ、石丸さまの密命じゃ）

だが内心では、その密命の裏側に貼りつく真の目的を、あくまで個人的な興味から知ろうと懸命なのだが、今のところ五里霧中なのであった。

「ところで千吉、あの［中島屋］の店前に、露店の薪売りが出とったが、きのうもおったかいのう」

と尋ねた。

「へ、［中島屋］というと、あの中島屋半兵衛《はんべえ》の店前へ、でっか」

「そや、そこや」

三月《みつき》ほど前だが、呉服屋の［中島屋］が身代限り（破産）になった。

ところが主人の半兵衛は、前もって家財を曽根崎村の小屋に隠していたことが露見して入牢、日本橋に三日間晒されたのち、三郷払いになっている。

看板などもそのままに、今は借り手もつかぬまま、空き家になっているところであった。

「はて、薪屋でっか……」

しばらく千吉は考えていたが、

「いや、きのう《キンノ》は、そないなもん見まへんでしたでぇ。第一、親方。なんぼ順慶町やかて、よっぽどに安いんやったら別やけど、そんなもん、露店から買うていきよる物好きがおりまっかいな」

「そういうこっちゃ……」

新町廓への通り道だから、さまざまな品物を商う露天商が集まってくるし、夜店が開くころあいには、さらに露天商が集まってくる。

しかし、通りがかりに、そんなところから薪を買って帰る客などがいるとは思えない。

しかも、朝っぱらからとなると、なおさらであった。

それで源蔵は、その露店の薪売りを不審に思ったのである。

(不審といえば……)

先ほどの若侍だ。

通りの様子を、ひととおり窺ってきた源蔵が、ひっかかりを感じたのは、その二つであった。

「ありゃりゃ」

千吉に代わり、障子の隙間に目を寄せていた与吉が、素っ頓狂な声をあげた。

「親方。勝手口から、三人も出てきよりましたでぇ」

「なに……。三人やてか」

千吉が、与吉に重なるように表障子に額を寄せた。

「ほんまや。あれ、どいつもこいつも同《オンナシ》じような格好《カッコ》やなあ。ふん……、あのなかに亭主の信吉はおれへんな。というて、客でもなさそうやし……。なんか、寄合でもあったんやろか。それにしても……はて、いつの間に潜り込んだんやろか」

千吉はきのう、探索のついでに［鶉寿司］に客として入り、亭主の信吉や女房の顔を確かめていたのであった。

「同じ格好て、どんな格好やねん？」

源蔵が尋ねたのに、千吉が答える。

「はあ、羽織の色はまちまちやけど、着物は揃いの柿色でんな。あれ。それぞれに、なにやら細長い風呂敷包みを持ってますけど、ありゃ、掛軸かいなあ」

「ふうん。で、先に入った御用聞きは、どうなっとるんや。もう去《い》んだんかい」

「いいえいな。今の三人のほかは、誰も出てきいひん（こない）でしたで」

と、今度は与吉が答えた。

「なに、まだおるんかい」

そりゃ、どういうこっちゃ、と源蔵は腕組みをする。

これが、あとから三人が揃って入っていったのなら、すわ、朝っぱらから押し込みか、とも考えられるが、出ていったとなると、話は変わってくる。

（すると……）

一人が入って、別のが三人出たということは、その三人、元もとが内部《なか》にいたということに、ほかならない。

（たしか、二階部屋は、模様替えとかで、客を上げんというてたなあ……）

源蔵は、そういったことも考え合わせたうえで、

「で、その三人、どっちゃのほうに向かったんや」

「へえ。東のほうへ」

「そうか……」

首をひねった。

それからしばらくののち――。

上町台地にある釣鐘町から、五ツ（午前八時）を知らせる時の鐘が聞こえた。

4

その同じ鐘の音を、勘兵衛も聞いていた。

（おや……）

時鐘が鳴り終わって、勘兵衛は首を傾げた。

五ツ（午前八時）のはずが、鐘の数が足りなかったためだ。

（そうか……）

しばらく、江戸の時鐘に慣れすぎたせいであった。

江戸では、捨て鐘を三回打ってから、時刻を打つ。

捨て鐘は、第一打を長く、二打目、三打目は続けて短く撞《つ》く。それから間を置いて、時刻の数を打つ。

だから、五ツの鐘なら、ぜんぶで八回撞かれることになる。

それが、撞かれた数は六回だった。

つまり大坂では、捨て鐘の数がひとつだけらしい。

勘兵衛は煎餅屋の店角から、塗笠をもたげながら［鶉寿司］を見張っている。

つい先ほど、勝手口からの人の出入りを目撃して、少し緊張しているところだった。一人の印半纏の男が入っていき、それから三人が出てきたのだ。

入っていったのは、二十代と思える若さだったが、出てきた三人は四十代から、五十代の男たちだった。

そして三人は、勘兵衛が覗き見している角の煎餅屋のところを曲がって、横筋へと入っていったのだ。

その際、勘兵衛はさりげなく店に入り、欲しくもない煎餅を買ってやり過ごしたのだが、少し気になる点があった。

三人が、それぞれ長さ三尺（約九一 センチ）は超える、細長い風呂敷包みを手にしていたことだ。

（ふむ……）

刀剣ではないのか……。

勘兵衛は思った。

刃渡り二尺以下の脇差は、町人にも許されている。

（しかし……）

それにしては長すぎるようだし、包みの形状も、ぼってりふくらんでいた。

だが、そんなことよりも勘兵衛は、その三人の歩き方を煎餅屋の内からも観察して、あれは武士ではなかろうか——と感じていたのだ。

長く剣術を学んだ者には、身のこなしだけではなく、普段の足の運びにも、それが出る。

少なくとも勘兵衛には、一目でそうとわかるのであった。

勘兵衛は周囲に気を配りながらも、じっと［鶉寿司］の店表を見つめつつ、先ほどの男たちのことを考えている。

三人が三人とも、羽織の色こそちがえ、洗柿《あらいがき》の袷《あわせ》に黒帯であった。

それに髷の様子に、少しばかり特徴があった。

三人が三人とも月代《さかやき》は広く、髷は鼠の尻尾のように細い。

（あれは、本多髷のようだが……）

勘兵衛は思った。

（どういうことだ？）

もっとも、本多ふうとも呼ばれる髷のかたちは大いに流行して、町人のうちにも似せて結う者が多いから、目くじらを立てるほどのものではない。

大坂でも、その変形としての浪速本多と呼ばれている髷のかたちがあった。

（……………）

すでに、あらかたの店は開いて、通行人の数も増えてきているが、［鶉寿司］の猿戸は、まだ閉じられていた。

さらには、勝手口の箒は、片づけられることなく、置き看板に立てかけられたままである。

（ふむ……）

ひとつの推測が、勘兵衛の胸に落ちた。

あの［鶉寿司］は、大和郡山本藩の目付衆の、大坂における連絡場所として使われていたな……。

先般、弟の藤次郎が江戸に戻ってきさて、清瀬拓蔵《きよせたくぞう》という若者を引き合わせてくれた。

藤次郎は、その大和郡山本藩の目付見習で、清瀬は、徒目付《かちめつけ》の子息である。

二人は大坂で出会い、そののち長崎で再会して、ともに働く朋輩《ほうばい》であった。

その清瀬が密偵としてこの大坂にあったとき、清瀬らは町人に化けて活動し、しばしば［鶉寿司］にも出入りしていたという。

大坂では武士が少ないため、武家姿では目立とう、という理由からであった。

すると……。

（目付衆か……）

勘兵衛が、そのように読んだのはほかでもない。

ただ、髷のかたちからだけではなかった。

着衣の色は洗柿、夏は渋かたびら、帯は黒の木綿帯、という厳しい服飾規定は、大和郡山藩の本多家における伝統なのだ。

（それにしては、密偵らしからぬではないか……）

ああして町人に見せかけたとしても、雉子《きじ》の草隠れ……頭隠して尻隠さずではないか、と訝る気持ちもある。

しかし……。

あれが大和郡山本藩の目付衆からなる密偵だ、と考えれば、小女と見えた娘に武術の心得があると感じたことにも、納得がいく。

また、勝手口に立てかけられた箒にも、意味がありそうだと気づいた。

（なにごとか、起ころうとしている……）

立てかけられた箒は、なんらかの合図にほかならず、合図に気づいた密偵が、町人姿で［鶉寿司］を訪ねた。

そして内部にいた仲間と、なんらかの打ち合わせをしたうえで、別の三人がいずこ、かへ向かった……と勘兵衛は、さらに推測したのである。

（や……！）

そんな推察をめぐらせている勘兵衛の目に、また勝手口から現われた人影が飛び込んできた。

すっと半歩ほどを後退しながら、目だけは離さない。

赤い襷も前垂れもはずして、紺色格子の綿入れ半纏を羽織っているが、あの小女にまぎれはなかった。

いや、あるいは、小女に化けた武家の娘でもあろうか。

これまでの推察の流れから、そう勘兵衛は感じとった。

娘は置き看板の先に出て、素早く道の左右を窺っている。

それから箒を手に、姿を消した。

西側の置き看板は、そのままだ。

（ふむ。役目を終えた箒を片づけたのだな）

と勘兵衛は思ったが、それだけではなかった。

再び娘が姿を現わした。

そして、その後ろから二つの人影が出てきたのだ。

男女である。

男は小柄で、海老茶の袷に同色の羽織姿だった。防寒のためか、女も娘と揃いの綿入れ半纏姿だ。

連れの女を気遣うように、男がなにか声をかけているようだ。

女は少し小太りに見えたが、歩き方から見て孕《はら》んでいるらしいことが知れた。

(ふうむ……)

つい、小夜のことを思った。

そして、次には――。

(あれが……)

信吉とおかよの夫婦か、と勘兵衛は気づいた。

姉妹そろって、腹に子を宿したか……と、どうにも不思議な因縁すら感じる。

見た目には小女を供にした、商人夫婦の外出に見える。

勘兵衛に背を向け、西に向かう夫婦の少しあとから、供の娘がぴったり付き添っていた。

その肩が、少し尖って見えるのは、緊張のゆえだろう。

その様子が、勘兵衛にただならぬ事態を告げているようだ。

勘兵衛も、静かに通りに足を踏み出した。

足を速めると、距離がどんどん縮まった。

娘に気づかれると面倒なので、およそ半町ほどの距離を保って、あとをつける。

四丁目の木戸番所がある手前の辻を、夫婦者は右に曲がる様子を見せた。

おそらく娘が、後ろを確かめるにちがいないと、つと勘兵衛は、通りがかりの通行人の背に隠れた。

気づかれることなく三人は、先の辻に消えた。

再び勘兵衛が、足を速めようとした、そのときである。

前方に異変があった。

薪を積み上げ、べか車を置いて、頬被りの露天商が路上で店開きしているところの商家から、湧き出てきた人影があった。

それも一人や、二人ではない。

まさに駆け出さんばかりの勢いで、次つぎと人影が湧いて出る。

露天商が、驚いたように立ち上がった。

（うむ……）

湧き出てくる人影を、勘兵衛は数えた。

総勢は七人。

いでたちは町人のようだが、それぞれの腰には脇差があった。

服装こそまちまちだが、この寒空に、一人として袷の上に、なにも羽織ってはいなかった。

あわてて飛び出してきた、としか思えぬのだ。おまけに、どこか殺気立っている。

そうと気づいて勘兵衛は、さらに足を速めて、その背後に近づいていった。

その一団も、信吉、おかよ（と思われる）たちと同じ辻を右折した。

髷のかたちは、多彩である。

（ふむ……）

一団は、かたまることなく、適当に散らばって前方を行く。

歩調がゆるやかになったのは、さらに前方の信吉や、おかよたちの歩調に合わせたのだろうか。

（敵か……）

夫婦を狙って、あとをつけているとしか思えない。

勘兵衛との間に割り込んだ一団の、しんがりを務めているらしい二人連れは、今や勘兵衛の目前にあった。

ふと気づいた。

目前の二人が締めている、帯の結び方のことである。

〈石畳〉と呼ばれる結び方だ。

(武士だ……)

勘兵衛も同じだが、武士は決して町人のように、たとえば帯を〈貝の口〉などに結ぶことはしない。

途中までは同じでも、せいぜいが〈片ばさみ〉にして、結びこぶを作らない結び方が習慣になっている。

結びこぶができる結び方では、袴を着用するときに邪魔になるからだ。

それで武士は、結びこぶができない〈石畳〉にする者がほとんどだ。

〈片ばさみ〉は、横着者か浪人あたりであった。

(なにもので、あろうか……)

思いつくことは、ひとつしかない。

(〈榧の屋形〉の連中かもしれぬな……)

大和郡山本藩に敵対する分藩の、暗殺集団であった。

(それしか、考えられぬ)

本藩では、わざわざ蜜蜂会所というのを設置して、その〈椢の屋形〉の動向を見張っているという。

(つまり……)

大和郡山において、〈椢の屋形〉の一味に動きがあったのだろう。

それを知った本藩の目付衆が、そのあとを追って、この大坂に出てきたと思われる。

そう考えれば、先ほど［鶉寿司］から出た武士らしい三人や、夫婦の警護役とも思える娘のことに辻褄が合う。

(なにが起ころうとしているのか……)

いずれにせよ、［鶉寿司］が関わっているらしいことは、確かだ。

(小夜は……)

それが気がかりである。

怪しい七人の前方で、夫婦とその供を装う娘の三人は、横筋を北に進んだあと、次の辻を左折した。そのとき供の娘は、ちらりと背後を窺ったようだった。

「どこへ、行くつもりだろうな」

そのとき、勘兵衛のすぐ前の二人連れの一人が言った。

「さて……。だが、飛んで火に入る、というやつじゃ。一気に押し包んでやっつけようぞ」
もう一人が、答えるのも耳に入った。
（うむ）
刺客だ。
それが、はっきりした。
それも、狙うは信吉とおかよの夫婦らしい。
三人に続き、尾行の七人も、次つぎと先の角を左折していく。
（と、いうことは……）
忙しく考えながら、勘兵衛は塗笠の紐を解いた。とった塗笠は、左手に持った。
いざ戦闘というとき、邪魔になるからだ。
（そうか）
思い当たることがあった。

5

大和郡山藩の御家騒動には、勘兵衛がこの世に生を受ける以前からの、数十年にもわたる確執がある。

面倒でも、その流れをかいつまんで記しておかなければ、この大坂における状況がわかりづらいであろう。

かの昔——。

まだ戦国時代のことであるが、徳川家康が武田勢と闘ったことがある。

そのときに、次のような落首が出た。

家康に過ぎたるものが二つあり
唐の頭《こうべ》に本多平八

唐の頭とは、家康が使っていた中国伝来の兜のことだ。

そして本多平八郎忠勝《ほんだへいはちろうただかつ》は、蜻蛉《とんぼ》切りという槍を手に戦場を駆けめぐり、一度たりとも手傷を負わなかったという。

本多家は徳川家譜代のうちでも、もっとも古い三河譜代で、なかでも忠勝は、図抜けてすぐれていた。

十五歳の初陣で武功を立てて、本多家一族の指揮をゆだねられたほどだ。

家康が将軍になったとき、本多姓の一族はみんな旗本となったから、〈百本多〉といわれたくらい、ぞろぞろといる。

だが、忠勝こそが事実上の本多家の元祖である。

その忠勝の嫡子である忠政《ただまさ》は、十五万石で播州姫路城主となって、さらにその嫡子の忠刻《ただとき》は家康の孫娘である千姫《せんひめ》を娶った。

輿入れの土産として、千姫の部屋地十万石を賜わったから、父子の所領をあわせて二十五万石。

さらに庶流の分知や預かり地もあわせると、五十万石にも達した。

こうして本多家一族の所領は播州一円におよび、世に〈播磨本多〉と呼ばれる勢いであった。

ところが忠刻は、父に先だって若死にしてしまった。

それで弟の政朝《まさとも》が跡を継いで、姫路城主となる。

しかし、その政朝も若くして大病を得た。

このとき政朝には、六歳の嫡子（政長《まさなが》）と五歳の次男（政信《まさのぶ》）がいたが、どちらも幼なすぎた。

元もと武門を重んじる本多家には、馬の乗り降りを自由にできない者は領主になれない、という掟があったのである。

政朝の下にも弟はいたが、すでに別家を立てて十三万五千石の白河城主になっていた。

そこで、自らの死期を悟った政朝は、番代を立てることにした。

番代とは、一時的に政務を預かる役目である。

この番代には、政朝の従弟で四万石の竜野城主であった政勝《まさかつ》が選ばれた。

もちろん、政朝の嫡男である政長が成人の暁には、政権を返上するという誓詞を入れての番代である。

これは幕府においても認められたが、姫路から大和郡山への所替えが条件で、それまでの政勝自身の領地四万石も、和州の内に替地を下された。

こうして政勝は、四万石の大名から、たちまち十九万石の大大名になった。

ここから本多家に、微妙なねじれが生じて、のちの御家騒動にと発展していくのである。

人間の欲というのは、おそろしい。

やがて政勝のうちに、その大大名の座を、そっくり我が子の政利《まさとし》に譲りたい、という欲望が取りついた。

その欲望の実現のために、政勝はさかんに、時の権力者であった酒井大老に近づいて、密約を交わすのである。

月日は流れ、嫡流である政長と政信の兄弟も成人した。

ところが、いつまでたっても元服さえさせない。

どころか、郡山城内に押し込め同様に近習を五人ほどつけられて、外出さえままならない。

一方、政勝の嫡男である政利のほうは、嫡流の兄弟より年下なのに、十五歳で元服して従五位出雲守に叙された。

明らかに、次期藩主への道を歩みはじめたわけである。

ここにきてようやく、嫡流譜代の重臣たちが騒ぎはじめた。

これに対して政勝は、懐柔策を出した。

それが兄弟を養子に迎え、二十歳になった兄の政長に三万石、弟の政信には一万石の部屋住み料を与えることであった。

そもそも、その四万石というのは、元はといえば政勝が所領していた替地分だから、要は本領の十五万石を乗っ取り、代わりに自分の所領分を分けてやろう、というものでしかない。

まるで理屈が合わないし、懐柔策にもなっていない。

詳しくは書かないが、このころ藩内には、実に五つもの派閥が生まれて喧嘩口論が絶えず、嫡家譜代の家には減知や断絶などの沙汰が下されて、日を追うごとに軋轢《あつれき》は深まっていくのであった。

そんななか、酒井大老に取り入った政勝は、御三家のひとつである水戸家から、嫡男の政利に妻女を迎えた。

盤石の態勢を整えたのである。

さらに政長を、〈病弱のゆえ〉をもって蟄居させようとの工作に励んだが、さすがにこれは成功しなかった。

一方、庶流の若殿、出雲守政利というのは、野心満満のうえに、そうとうに歪んだ性格の持ち主であった。

蟄居が無理なら、政長を毒殺して〈御病死〉と届けたほうが、手っ取り早いと考えたのである。

着着と、その手は打たれた。

こうして政長の許に、多くの近習や家臣が押しつけられていくのである。

そのなかには、政長毒殺の密命を帯びた者も含まれているはずだが、養子の身で、養親の達しを拒めるはずもない。

特に医師の片岡道因《かたおかどういん》と、その子である太郎兵衛《たろべえ》を近習にと差し向けられたとき、政長を守る譜代衆に緊張が走った。

いつ、毒を盛られるか、わからない。

まさに風前の灯火にも見えたとき、譜代衆が打った手は——。

〈政長公御病気につき、播州有馬にて御療治〉の許可を幕府から取りつけた。

信頼のできる屈強な家臣だけを供に、政長を有馬の湯に逃避させたのである。

ところが——。

その有馬の宿を、ある夜、刺客が襲った。

幸いに政長刺殺の計画はならず、刺客は取り押さえられている。

刺客は、政利の中小姓である力士上がりの正木太郎八《まさきたろはち》であったが、有馬での厳しい詮議の五日目に舌を噛み切って果てた。

その報は、江戸にも届いた。

もちろん在府の家士も、国許の大和郡山も大騒ぎである。

この事件のとき、御番代の藩主政勝も嫡男の政利も在府中であったが、さすがに政勝は、これはまずい、と考えた。

そこで、嫡流譜代方の都筑家老に宛てて――。

自分は政長の後見役で正嫡ではない。隠居して政長に家督を譲りたいが、公儀の内意で、しばらく続けよと酒井大老より指示を受けている。

というような書状を届けて、騒ぎの沈静化を図ったのだ。

だが、事態はさらに奇奇怪怪の様相を呈していく。

江戸と国許の間に密偵がさかんに行き交い、幕府の忍びらしい者も、大和郡山へ入りはじめた。

そんななか、政長も、いつまでも有馬に逃げ込んではいられなくなった。

下手をすれば、〈病弱のゆえ〉をもって蟄居、ということにもなりかねない。

そこで、病気快癒ということで、大和郡山に帰城する。

さっそくに、政長帰城の祝宴が張られた。

そこで、また事件が起きる。

祝宴は、郡山城内の政勝の屋形において、政長、政信の兄弟に、政利の弟である政《まさ》貞《さだ》が招かれ、家中の歴歴に大番頭、小番頭、小姓頭などもくわわった大人数でおこなわれた。

政長は用心して料理にはいっさい、手をつけなかったが、弟の政信のほうは油断して食膳に箸を伸ばしてしまったのだ。

　やがて祝宴も終わり帰途につくころ、政信は突然に吐血して倒れた。

　そのまま、二十九歳で果てたのである。

　政信の死は表面上、〈頓死〉と幕府に届けられたが、毒殺されたことは、誰の目にも明らかであった。

　上意により、政信の所領一万石は、末期養子となった政貞に与えられた。

　一連の事件は、江戸でも波紋を呼んだ。

　譜代衆の幕閣への工作や嘆願は激しさを増し、大和郡山藩士が東海道を行き来しない日は一日とてない、というようなありさまになった。

　こうして御家騒動は、ますます対立を呼び、昏迷の道に分け入っていったのである。

　その後も、政長は幾たびも毒を飼われたが、用心に用心を重ねて虎口を逃れた。

　代わりに、何人かの毒味役が命を落としている。

　そんな事態のなか――。

　在府の譜代衆も、国許から参府の士も、必死で幕閣の主立った者に働きかけている。

　都筑家老の用人、日高信義もまた、その一人であった。

　幕閣のうちにも、心ある人は多かった。

庶流が嫡流を押しのけて、御家を乗っ取るなどは、あってはならぬことである。

だが、酒井大老の権力の壁は厚かった。

そうこうするうちに、ついに御番代の政勝が病で逝《い》った。

幕閣も、数十年にも及ぶ大和郡山の御家騒動を、これ以上は放置できなくなったのである。

部屋住料三万石のまま、ずっと大和郡山にいた政長の元に、江戸表から老中連判の奉書が届いた。

江戸表への呼び出しである。

それが四年前、寛文十一年の冬だった。政勝逝去より一ヵ月が過ぎたころである。

十二月二十八日は、幕府の年中行事のひとつで、歳暮の御祝儀御礼の式日であった。

これは二十一日に御三家、諸大名が歳暮の御祝いとして、将軍家に時服の綿入れを献上したのに対して、将軍が礼を返す行事であった。

それで、在府の諸大名が熨斗目《のしめ》麻裃で江戸城に総登城して、黒書院において将軍に拝謁するのである。

政長には、この日に登城せよとの下知があった。

まちがいなく、家督相続の件であろう。

江戸での下馬評では、政利は水戸光圀の親戚のゆえをもって、家督は本多政利に仰せつけられるであろう、との見方がもっぱらであった。

このとき譜代衆の一人、笹川覚右衛門《ささがわかくえもん》という者は焦慮のあまり、強引に酒井大老の屋敷に乗り込んで、下城してきたばかりの大老を待ち受け、次のような強談判《こわだんぱん》に及んだ。

曰《いわ》く、庶流をもって本家を相続させることなど、本多家譜代の士は一人として承知せず、必ずや一騒動起こるべし。筋目ちがいのなきように、と釘を刺したのである。

さらには去ろうとする酒井に追いすがって、袴の裾をつかみ、

——返答やいかに。

と迫った気魄に、ついに酒井も、

——如何ようとも、悪《あ》しくはせぬ。

と答えたという。

また幕閣中でも、強面《こわもて》で鳴る老中の稲葉正則《いなばまさのり》が正論を吐いたそうだ。

そして、ついにその日がきた。

七人の刺客

1

政長には大目付の大岡忠勝《おおおかただかつ》が、政利には百人組之頭である横田次郎兵衛《よこたじろべえ》が、それぞれ同道して江戸城・黒書院に入った。

将軍家綱《いえつな》を中心に、幕閣諸侯の列座のなかで、酒井大老は次のような台命《たいめい》を伝えている

それは――。

本領十五万石のうち、九万石を嫡流に、六万石を庶流に、というものであった。

しかし、黒書院にあった嫡流の本多政長は、頑として首を縦に振らなかった。

これで、黒書院は静まりかえった。

このとき大岡忠勝は、政長を静かにさとした。

――九万石に加え、部屋住料三万石、すなわち十二万石として下しおかれるゆえに、重重けっこうなる首尾にござる。お請《う》け然《しか》るべし。

と――。

それで、ようやく政長は、

――畏《かしこ》まり候。

と答えたのである。

この次第は、ただちに早駆けの幕府使者によって郡山城に報ぜられた。

早駆けとはいえ、使者が郡山城に到着したのは、年が明けてからのことである。

最終的には本領十五万石が、九万石と六万石に分けられたので、この騒動は〈九・六騒動〉と呼ばれることになった。

結果としては、庶流が嫡流の所領地を奪い取ったかたちだったので、とかくの風評はあった。

しかしながら、騒動は一応の決着をみたのである。

ところが――。

ここに、あきらめの悪い男が一人いた。

誰あろう、庶流の本多政利である。

とにかく、思惑どおりに事が運ばなかったので、それが不満である。

痞の虫がおさまらずに、なおも政長の暗殺をもくろんだ。

四十歳になったのに政長は、未だ独身だった。

側女すら与えられなかったから、政長は必然、男にしか興味を持たない性癖の持ち主になっていた。

だから、嫡子がいない。

それで政利は、政長さえ殺せば、十二万石は自分の手に転がり込む……とでも考えたのだろうか。

その不穏な動きを、用心を重ねることに慣れた譜代衆が気づかないはずがない。

ましてや、十五万石を二つに分けたとき、領地分けと同時に、家臣も分け合っているから、身内のうちに、どんな敵が混じっているかもしれないのであった。

暗殺を防ぐ手だてとして、どうしても跡継ぎが必要だ。

そう考えた重臣たちは、手を尽くした末に、三年前、水戸家から養子を迎える手配りに成功した。

それが、水戸光圀の弟——陸奥守《むつのかみ》山藩主である松平頼元《まつだいらよりもと》の次男で、当時八歳の少年であった。

その翌年、無事に養子縁組が実行された。

大切な御養子に、祖と同じ平八郎を名乗らせたところに、重臣たちの意気込みが感じられる。

これでもう、政利が政長の命を狙う根拠が失われたはず、と誰もが思った。

しかしながら、そうではなかった。

政利というのは、蛇のように、病的なまでに執念深い男だったのである。

といって、政利が表立つことはない。

政利が昔に児小姓《ちごしょう》として召し出したのち、家老にまで取り立てた成り上がり者に、深津伊織《ふかついおり》という者がいる。

この深津が、政長暗殺の陰の指揮者となって暗殺団を組織していることを、政長の陣営はつかんでいる。

一方、落合勘兵衛には、悪縁としかいいようがない天敵がいた。

名を山路亥之助という。

元は同じ越前大野藩の郡奉行の嫡男であったが、銅山不正に絡んで出奔、江戸に逃げた。

やがて勘兵衛にも、江戸勤番の命が下った。

江戸で勘兵衛を待っていたのは、山路亥之助を討て、との密命であったのだ。

その密命を果たすべく動いた勘兵衛は、やがて亥之助が、熊鷲三太夫《くまわしさんだゆう》と変名し、深津伊織が率いる暗殺団の一員となっていることをつかむのである。

一方では政長の家老である都筑も、用人の日高信義に特命して、政利側の動きに目を光らせていた。

そんな状況下で、勘兵衛は日高と知り合った。

そして——。

勘兵衛は亥之助が首領となって、ひそかに徒党を集め、政長が国帰り途中の大名行列を、弓・鉄砲で襲う計画があるのを探知した。

そのことで襲撃計画は未遂に終わったが、その縁で勘兵衛は老中の稲葉正則に知己《ちき》を得ることができた。

さらには、その流れから、大目付の大岡忠勝とも面識を得ている。

四年前の師走二十八日——。

その大岡は、江戸城に入る本多政長に同道した人物であった。

一河《いっか》の流れを汲むも他生《たしょう》の縁、とはいうが、まさに、世の中は狭い。

縁《えにし》といえば、もうひとつある。

勘兵衛に惚れ込んだ都筑家老が、我が藩の家士にと願ったのであるが、これは勘兵衛がきっぱり断わっている。

代わりに、勘兵衛の弟である藤次郎が政長の、大和郡山藩本藩に仕官することになったのである。

目付見習となった藤次郎は、日高とともに大和郡山に向かった。

そして、ついに暗殺団の本拠地をさぐり出すことに成功した。

それは城下より郊外の丘の上に建つ〈榧の屋形〉と呼ばれるところで、本多政利が囲う側室が住むところだった。

その屋形へ向かう一本道に、一軒の古びた茶屋が松林に埋もれるようにあった。

日高は、その茶屋を手に入れると、大坂にいた娘のおかよと信吉の夫婦を呼び寄せた。

そして茶店を拠点に、〈榧の屋形〉を見張りはじめたのである。

いくつかの成果はあった。

そのひとつが、一味のうちの、薬物に詳しい源三郎という男の存在であった。

源三郎は、しばしば大坂へ出向き、道修町《どしょうまち》の薬種問屋に出入りしているようである。

しかし——。

ついに暗殺団に、茶屋の存在が疑われる日がやってきた。

危ういところで、藤次郎たちは大和郡山を脱出した。

信吉夫婦は大坂へ戻り、新たに［鶉寿司］を開いたのである。

そののち茶屋は取り壊され、跡地には、大和郡山特産の蜂蜜を扱う、蜂蜜会所が建てられた。

というのは口実で、引き続き大和郡山本藩の手で〈榧の屋形〉の動向を見張るためである。

ところで——。

政長の弟、本多政信の毒殺に使われた毒のことである。

一口に毒というが、このころ我が国に、一撃のもとに命を奪うというほどの猛毒は存在しなかった。

考えられるのは、唐渡りの芫青《げんせい》という猛毒である。

ところが、そんなものを扱う薬種問屋は皆無だし、長崎の出入り帳を調べても記録はなかった。

つまり抜け荷の品であった。

ところが、政長を狙って何度も失敗を繰り返したあげくに、この芫青という猛毒を、暗殺団はすでに使い果たしてしまったようである。

再び、この芫青を調達するのが、源三郎の役目のように思えたのである。

2

そして――。

この八月のことである。

弟の藤次郎が旅姿で、浅草・猿屋町の町宿を訪ねてきた。

これから、大坂に向かうと言った。

というのも、〈榧の屋形〉の源三郎が、またも大坂に入ったことを知らされたからである。

一味のうちでも、特に猛毒の調達役として、かねて目をつけていた男であった。

大和郡山本藩においては、目付衆のうちから密偵を選び、動向を見張るべく源三郎のあとを追った。

その連絡を受けて藤次郎は、日高信義とともに大阪へ、さらには新たな情報を得て、長崎へと旅立ったのだった。

そして十月、ついに源三郎は、長崎に抜け荷で入った唐渡りの猛毒である芫青を、大坂で手に入れることに成功したのである。

その源三郎が大坂より大和郡山に戻る途上を、密偵たちがひそかに討ち取り、芫青を奪い取ったのであった。

この間——。

およそ二ヵ月あまりを大坂で過ごしていた源三郎を、粘り強く見張り続けた密偵たちの間の連絡所となったのが［鶉寿司］であり、連絡係を務めたのが、清瀬拓蔵であったのだ。

そういったことを考え合わせると、なにゆえに信吉とおかよの夫婦が狙われたか、に合点がいく。

猛毒を持ち帰るはずの源三郎が、消えた。

消息不明である。

そのとき、〈榧の屋形〉では——。

おそらく、四方に探索の手を伸ばしたはずだ。

そして［鶉寿司］が浮かび上がったにちがいない。

そこの店主夫婦は、以前に〈榧の屋形〉近くで茶屋を営みながら暗殺団を監視し、それを覚られるや、からくも逃亡してしまった夫婦者と同一人物であった。

それで、刺客が送られたにちがいない。

一方、本藩の側でも、そんな〈榧の屋形〉の動きを察知した。

そして、再び密偵たちが大坂に出てきたのだろうか。

あるいは、刺客たちの一網打尽をもくろんでいるのかもしれない。

（単なる護衛か……）

（すると……）

勘兵衛の思考は進む。

勘兵衛が知り得た敵の数は、前を行く七人の刺客……。

片や本藩側の密偵は――。

おそらく、［鶉寿司］から先立ちをした三人は、先行組だ。

信吉や、おかよの向かう先をあらかじめ知ったうえで先まわりをした。

と、思われる……。

そのあとに信吉、おかよの夫婦が続き、そこには護衛役を兼ねた供の娘が付いている。

合計で四人……。

(必ずや、後詰めもあるはずだ)

そうあるべきだ、と考えながら勘兵衛もまた、目前の角を曲がりながら、ちらりとあとを確かめた。

(や……!)

瞬間のことだから、あまり判然とはしない。

だが、頬被りの男が二人、あれは露店で薪を商っていた二人ではないか。

さらに、その後ろから——。

井戸の辻の老爺と、その連れらしい者の姿も見えた。

(ふうむ……)

こうなると、いずれが敵やら味方やら茫漠としてくるが、少なくとも頬被りの二人は密偵の仲間であろう、と思われた。

戦場《いくさば》でいうところの、浮き備《ぞな》え、あるいは浮勢《うきぜい》のような存在であろうか。

敵の一味は、[鶉寿司]襲撃をもくろんで、なんらかの伝手《つて》で、同じ町内の商家を根城とした。

それを突き止めた密偵たちの一部は、その見張りに露天商に化けていたのであろう。

そして、［鶉寿司］内部では、襲撃に備える密偵の本隊が隠れ住んでいた……。

そのうちには、小女に化けた娘も含まれていた、ということだ。

そこまで考えを推し進めて、わずかながら勘兵衛は、肩の力を抜いた。

つい先ほどに勘兵衛は、前を行く化け町人の二人連れの会話を聞いた。

どうやら、自分たちが見張られ、行動を監視されていることなど、露ほども疑ってはおらぬようだ。

それが――。

〈一気に押し包んでやっつけようぞ〉の、会話になっている。

密偵たちのほうが、一枚も二枚も上手《うわて》のようだった。

それはそれとして――。

辻を曲がった通りは博労町《ばくろうまち》通りというが、その通りが、とんだ賑わいを呈していた。

それも通行のひとが、みんな西へと向かっている。

（なにか、あるのか……）

勘兵衛は、少し面食らった。

このあたりは、まださほどではないが、ずっと西のほうは、横筋から人ってくるひとが、どんどんくわわってきて、かなりの混雑が見られる。

（そうか。きょうは節分だったな）

人人が向かう西の方角に、神社かなにかがあって、節分会《せつぶんえ》の追儺《ついな》式でもおこなわれるのであろうか。

すると、このような、人中で――。

まさか襲撃を仕掛けはすまい。

そう思った勘兵衛の前で、

「おい。なんだ。まずいぞ」

「ふむ。しばらく様子を見るしかなかろう」

前を行く二人の会話が耳に入った。

やはり、予想外の展開に驚いている様子である。

そこで勘兵衛は、再び塗笠をかぶった。

しばらく闘争は起こるまいし、まだ気づかれてはいないが、あえて面体を知られることはない。

通行の人数《ひとかず》は、だんだんに増えていき、門前列をなすほどの人込みとなってきた。

勘兵衛は、信吉たちを見失わないように、神経を尖らせた。

事情は、刺客と思われる七人とて同じだろう。

あの混雑のなかなら、ひそかに近づいて匕首《あいくち》で刺す、くらいのことならできるかもしれないが、武器が脇差となると、そうもいくまい。

といって、数をたのんで襲える状況ではなかった。

先の右手に、大社造りの大屋根が見えてきた。

人びとがめざすのは、そこらしい。

3

鳥居の扁額には〈仁徳天皇宮《にんとくてんのうのみや》〉とあった。

ちなみに現代の大阪市で、中央区博労町に〈難波神社〉とあるのが、この社である。

『摂津名所図会』によれば――。

肇《はじめ》は反正天皇《はんぜい》元年冬十月　勅《みことのり》によって大江阪平野郷に鎮座あり。後世大正年中、金城御造建の時、神領地によってこの上難波に移す。

とあり、
〈難波神社〉のホームページによれば——。

反正天皇が大阪府松原市に柴籬宮《しばがきのみや》を開かれたとき、父帝の仁徳天皇をご祭神として創建されたと伝えられる。
その後、天王寺区上本町に遷り、豊臣秀吉が大阪城を築城したのち天正年間（一五八三年）現在地に遷座。

とある。
それはともかく——。
鳥居をくぐると前方の、大木の先に本殿の側面が見えている。
すると、くぐった鳥居は正面の入り口ではなさそうだ。
南向きに立つ脇鳥居から入った勘兵衛は、人人の流れに乗って進む。

ところで、この社は本殿のほかに、八幡宮、天照《てんしょう》大神宮、稲荷社などを合祀して、土地の住人には〈博労稲荷〉などと親しまれているところであった。

さて、勘兵衛は、節分の追儺式と考えていたが、この社の場合は、いささか趣を異にしている。

というのも、境内のどこにも鬼払いの儀式がおこなわれている気配がない。

節分の日に蝟集《いしゅう》してきた群衆のうらには、本殿に拝しただけで戻る者もいる。

だが、たいがいは、本殿左手の御供所《おそなえしょ》前から延びる長い列に加わった。

信吉と、おかよもそうした。

そこまでに、ずいぶんと時間がかかったし、まだまだかかりそうだ。

長蛇の列と呼ぶにふさわしく、列は蛇のごとく葛折《つづらおり》に続いていて、それを白装束の社人らしいのが走りまわって、行列の整理に大わらわであった。

見るところ、信吉大婦が御供所までたどり着くには、半刻（一時間）くらいでは、すまなそうである。

その間、尾行の賊たちは、本殿を取り囲む連子塀のところに二人の見張りを残して、ほかは境内にしつらえられている掛け茶屋に姿を消した。

様子見に入っている。

勘兵衛は、境内に生える松の木の陰から、信吉とおかよを見守った。

どこにまぎれたか、密偵たちの姿は見当たらなくなったし、井戸の辻で会った老爺の姿も見えない。

広い境内だが、なにしろ人であふれていた。

ところで御供所への長い列は、御守りを求めている人人のようである。

無事に御守りを入手した善男善女は、紙包みを大切そうに、胸のところに抱いて帰っていく。

その紙包みには、〈たまのを〉と摺られているはずだ。

〈たまのを〉とは、玉の緒。

すなわち、『命』そのものを意味する。

実は、この〈仁徳天皇宮〉は、宮中に伝わる特殊神事を、宮中と同じ時刻からおこなって、霊力を下ろした御守りを、この日の参拝者に頒《わ》けているのだ。

それで、玉の緒祭り、と呼ばれている。

4

勘兵衛は、のろのろと行列を進む信吉たちの姿を見つめ、本殿を取り囲む連子塀に、もたれるように立つ賊の見張りにも視線を送る。

そして、ときどきは、掛け茶屋のほうにも目を向けた。

北の鳥居のところに社務《しゃむ》（神職の長）の屋敷があり、その塀際に沿って掛け茶屋は並んでいた。

残りの賊は、そのいずれかの茶屋内に潜んでいるはずだが、今のところ、これといった動きは見えない。

そんなときである。

今、掛け茶屋のひとつから、深編笠の武士が出てくるのが目にとまった。

この境内で勘兵衛は、江戸とは少しばかり体裁のちがう町方同心やら役人らしい姿は見かけていたが、やはり大坂では武士は目立つ。

（や……！）

なんと、まっすぐに勘兵衛が潜む、松の木をめざして近づいてくるではないか。

その風体を、改めて確かめる。

紺地に白の碁盤《ごばん》格子の袷に、同布の袴姿だ。

ややくたびれた濃茶《こいちゃ》の羽織は紋服のようだが、紋までは見てとれなかった。

（ふむ……）

しかし、一向に敵意が感じられない。

ただ、すたすたと、無心に近寄ってくる。

顔は見えぬが、その姿は若若しい。

およそ五間（九メートル）ほどの距離をおいて、深編笠の男が立ち止まった。

それから勘兵衛に向けて、ぐいとねじ上げるように深編笠の前部を上げた。

自らの顔を見せたものだ。

（ややっ！）

さすがの勘兵衛も、これには驚いた。

男は、江戸にいるはずの、あの清瀬拓蔵であった。

おそらく驚きは、勘兵衛の動きにも表われたのだろう。

清瀬は、白い歯を見せたのち深編笠を下ろし、わずかに目配せをしてから、再び歩きはじめた。

勘兵衛の左前方を斜めに、境内を横切って過ぎた。

勘兵衛の背後にあたる、西方にある表門のほうだ。

その間、勘兵衛は微動だにせずに立ちつくしていた。

ややあって、ゆっくり勘兵衛は振り向いた。

〈仁徳天皇宮〉の表門は、まず西向きに鳥居があって、それから山門をくぐって境内に入る。

そのまま境内を、まっすぐに東に進めば、巨大な一対の狛犬《こまいぬ》の間を縫って本殿入り口の山門に向かうようになっていた。

その狛犬の陰から半身だけ出し、清瀬は背を見せて立っていた。

勘兵衛は近づき、掛け茶屋や賊の見張りからは見えない狛犬の陰で、清瀬に話しかけた。

「驚いたぞ」

「こちらこそ。しかし、なにゆえ勘兵衛さまが、この大坂に……」

「まあ、それはいいではないか」

勘兵衛は苦笑したのち、

「それより、清瀬さん。そなた、[鶉寿司]におったのか」

「ははあ、さすがですね」

清瀬が、再び白い歯を見せた。

すると、[鶉寿司]の二階から視線を感じた相手は、この清瀬だったのだろうか。

「弟も一緒なのか」

「いえ。藤次郎さまは、江戸です」

「そうなのか。ところで、どうなっておるのかな」

「はい。それは、道道に……。とりあえず、拙者は先に表に出ますゆえ。暫時ののちに……」

「あいわかった」

清瀬は、すたすたと山門のほうに歩きだした。

玉の緒の、御守りを頒けられる時刻が決められていたのだろうか。

この〈仁徳天皇宮〉に、新たに入ってくる参詣者は、もうわずかで、出ていく者のほうが目立った。

周囲を確かめたのち、勘兵衛は境内を出た。

山門を出たところは、コの字形の広場になっていて、本鳥居はそこに立っている。

清瀬は、鳥居脇の石灯籠の横にいた。

勘兵衛の姿を見るなり、つと石灯籠を離れ、右手に向かった。

石灯籠のところで、再びちらりと後方を確かめてから、勘兵衛は清瀬に追いついた。

清瀬は、ゆっくりした足どりで北に向かっている。歩調を合わせた。

「ところで勘兵衛さま、日高さまからの伝言がございます」

「なに！　伝言……。日高どのからとな」

青天の霹靂とも思えることばに驚いた。

「はい。勘兵衛さまのお探し物は、この大坂にはあらず、とお伝えせよと」

「なんと……」

しばし、声を失った。

(探し物……？)

さまざまな思いが、勘兵衛の頭のなかを駆けめぐったが、すぐには事情が飲み込めなかった。

ようやく言った。

「俺の探し物がなにか、日高どのは、おっしゃったか」

「それが、教えてはくださいませぬ。ただ、おそらく勘兵衛さまが、［鶉寿司］に姿を現わすかもしれぬゆえ、出会うことがあれば、日高がそう申していたと伝えてくれとだけ……」

「ううむ……」

そうか。

ようやく、腑に落ちるものがあった。

勘兵衛は江戸を出るにあたって、上司の松田に書簡を残してきたのだが……。

思えば、あの松田のことである。

勘兵衛が、小夜のあとを追って大坂へ出たくらいは、すぐに見破ったかもしれない。

そして――。

それを松田が突き止めた、ということは、小夜の父親の日高に会った、ということにほかならない。

清瀬に託された日高の伝言の意味は、そうとしか思えなかった。

(小夜は、大坂にはいない……)

まことのことであろうか。

では、小夜は、どこに向かったというのか――。

清瀬が言った。

「で、お探し物とは、なんですか」

「それは言えぬ」

「ははあ……」

首をひねる清瀬に、勘兵衛は懐から、先ほど求めた煎餅の包みを取り出して、

「食わぬか」

「や、これは……」

清瀬は素直に受けとった煎餅をぽりぽりとかじった。

勘兵衛も同様に煎餅をかじりながら歩いたが、それだけではごまかしが足りぬ、と考えて、

「それより、その羽織はどうした。紋所がちがうではないか」

と、話題も変えた。

くたびれた濃茶《こいちゃ》の羽織の紋は、どこにでも転がっていそうな梅鉢紋《うめばち》であった。

「家紋の羽織では、まずかろうと、こちらの古手屋で買ったのですよ」

「ふん。俺と同じだ。深編笠もか」

「はい。大坂に入ってすぐに……。なにしろ、敵の監視下にある［鶉寿司］を訪ねるのですから、これくらいの用心はしておかないと……」

「なるほどな……。ところで、あっちのほうは大丈夫なのか。なんだか剣呑な様子だ

ったが……」

さらに話題を変える。

「手は打ってございます、ご心配なく……」

「そうなのか。それより、日高どのに伝言を頼まれた、とのことだが、おぬし、江戸をいつ発ったのだ」

「はい。この九日です」

「ふうん……？」

勘兵衛が江戸を出た、翌日ということになる。

「ところどころで、早籠を使いましたのでね。ここへは、三日前に着きました」

「なるほど」

それで勘兵衛を追い越して、清瀬が先着したようだ。

「それより、事情を説明いたしましょう」

「うん。それだ」

すでに〈仁徳天皇宮〉の山門を出てから辻をひとつ越えていた。

思うに、その辻を右に曲がれば、刺客たちが潜む掛け茶屋から近い、北の鳥居前を通ることになるため、それを避けたようだ。

5

ずっと前方には、見覚えのある重厚堅固な石垣土堤が行く手を阻み、その向こうに荘重な御堂の大屋根が望まれる。

それは、早朝に安旅籠を出た勘兵衛が、坐摩神社を抜けて見た南御堂のようであった。

「実は、〈椢の屋形〉に動きがあったと、都筑御家老に報せが入りましてね」

と、清瀬が言う。

「うむ。[鶉寿司]のご夫婦……でも狙ったか」

「相変わらず、素早いご賢察でございますな。舌を巻くばかりです」

「世辞はよい。もう少し詳しく教えろ」

「はい。最初の報せは、先月の二十九日、〈椢の屋形〉から三人が出て、大坂に向かったようだ……というものでござったようで……」

大和郡山からの、その報が江戸の都筑の許に届いたのが、今月の四日のことであったらしい。

そしてさらに二日後には、一味を追って大坂へ出た目付衆から、第二報が届いたそうだ。

「それによりますと、〈榧の屋形〉からは次つぎとひとが出て、結局のところ、総勢は七名。それが道頓堀・立慶町《りゅうけいちょう》の木賃宿に集まり、ひそかに［鶉寿司］の様子を窺っているようだ、という内容だったそうです」

「なるほど……」

つまり、その第二報が都筑家老の許にもたらされたのは、俺が江戸を出る前日のことになるな、と勘兵衛は思った。

継飛脚《つぎびぎゃく》、というのがある。

幕府が公用の文書を御状箱《ごじょうばこ》に入れて送ると、各宿場の問屋場《といやば》には、常時飛脚が詰めていて、二人一組で次の問屋場まで走って運ぶ。

それをリレー形式で、昼夜を分かたず運ぶので、たとえば江戸〜大坂間なら、早ければ三日ほどで到着するのであった。

各大名も、これに倣《なら》い、江戸藩邸と国許、それに京や大坂の間に、同様の飛脚を準備していた。これを大名飛脚とも呼ぶ。

連絡には、これが用いられたのであろう。

道は行き止まりで、南御堂の堀と石垣土堤が前方を塞いだ。

そのの三叉路で清瀬は立ち止まり、編笠ごしに左右に視線を走らせた。

そのあたりは、上難波町であった。

勘兵衛は勘兵衛で、後方を確かめている。

異常はない。

右に曲がって、清瀬が続けた。

「第二報に接した都筑御家老は、ついに重大な決断をなされました。この際に、〈榧の屋形〉に巣食う一味を殲滅《せんめつ》してしまおう、というのです」

「おう！」

思わず声が出た。

変わらずゆっくりと歩きながらも清瀬の編笠は、ずっと動くことがない。

どうやら、前方に注意を払っているらしい。

左手には南御堂の堀と、石垣土堤が長く続いていて、やがて四つ辻となるのだが、その南北の筋が気になるようだな、と勘兵衛は感じた。

清瀬は話を続けている。

「大坂に出張った刺客たちは、大坂にて。〈榧の屋形〉の残党は国許にて。双方で連繋をとって、一人残らず討ち果たせ、との命を、都筑御家老は国許と、大坂勤番役に書状を送ったそうで……」

「そういうことか。それで清瀬さんは、その助っ人に来られたか」

「いやいや、そういうわけでは……。ご存じかどうかは知りませぬが、［鶉寿司］の女将さんは、おかよさんというて、実は日高さまの娘御でございますよ」

「そのことなら、弟より聞いております」

「そうですか。実は……。そのご夫婦を、このまま大坂に残しておいては、いつ危険が及ぶやもしれぬから、拙者に、ひそかにご夫婦を江戸に連れ帰ってはくれぬか、と仰せつかったのでございます。ところが……」

清瀬が大坂に到着したのは、三日前の午後であったそうだが、その足で客を装って［鶉寿司］を訪れている。

「そのときすでに［鶉寿司］には、我が父をはじめとする六人が潜んでおりまして」

「なに、お父上がか」

「はい。徒目付をしておりまする平蔵《へいぞう》といいまして、こたびの指揮役を仰せつかっておりますそうで……」

「さようか。ところで、そのうちには、もしや女子《おなご》も含まれておりましょうや」

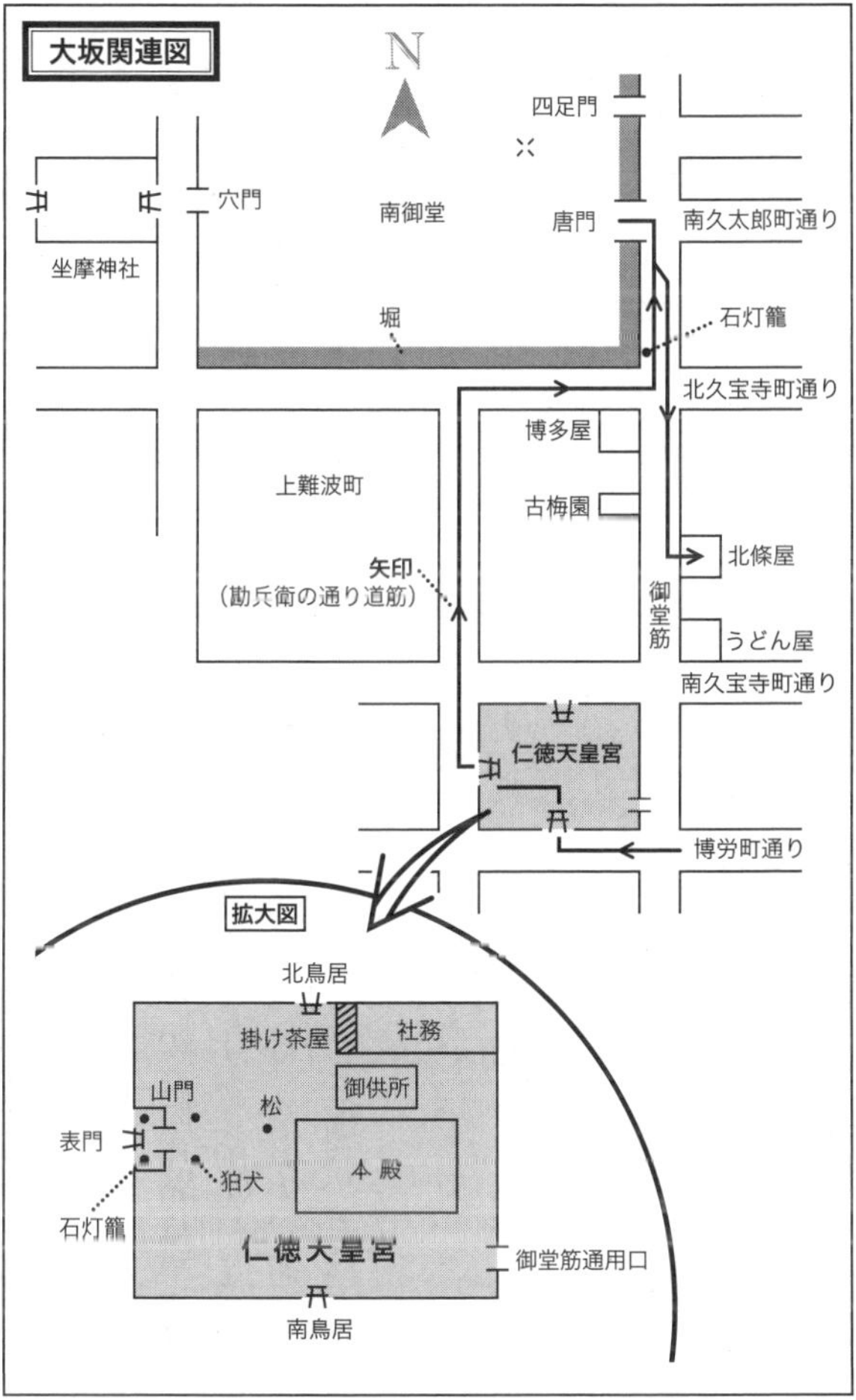

大坂関連図
N
四足門
穴門
南御堂
唐門
南久太郎町通り
坐摩神社
堀
石灯籠
北久宝寺町通り
博多屋
上難波町
古梅園
矢印
（勘兵衛の通り道筋）
北條屋
御堂筋
うどん屋
南久宝寺町通り
仁徳天皇宮
博労町通り
拡大図
北鳥居
掛け茶屋
社務
御供所
山門
松
表門
本殿
狛犬
石灯籠
仁徳天皇宮
御堂筋通用口
南鳥居

勘兵衛が言うと、それまで動かなかった深編笠が、ふいに勘兵衛のほうに動いた。

すぐに元に戻ったが――。

「いや、かないませんな。そこまで、お見通しとは……。はい。おつなどの、と申しまして、確かに女性《にょしょう》が一人、混じってございます。［鶉寿司］の二階座敷は模様替えということにして、そこに六人がまぎれ込んで滞在しておりますが、敵の目をごまかすためにも、普段どおりの営業を続けなければなりませんのでね。そこで、通いの仲居と小僧はしばらく休ませて、おつなどのが住み込みの小女として働く、という段取りにいたしましたそうで」

勘兵衛が目をつけたように、やはり小女は武家の娘が化けていた。

「そうか。それなら敵の目もあざむけようが、はたして六人で足りようか」

「いえ、いえ。大和郡山から大坂に出てきておるお仲間は、ぜんぶで十二名おります」

「ほう。十二人もですか」

なるほど、七人の刺客を確実に殲滅しようと思えば、そのくらいの備えは必要かもしれない、と勘兵衛は思った。

「陣容につきましては、時間がございますれば、のちほど詳しくお伝えいたしましょう。実を申しますと、拙者といたしましては刺客の始末は父たちにまかせまして、日高さまからのご指示どおりに、おかよどののご夫婦を、直ちに江戸表へお連れするはずでございました。ところが、少しばかり事情が変わってきておりまして」

「と、いいますと……」

「はい。実は、おかよどのには、ご懐妊にて」

「ふむ……。そのようにお見受けいたしましたな」

「お気づきでございましたか。こちらへまいるまで拙者も知りませなんだが、おそらく日高さまも、ご存じなかったようでございます」

「さようか。しかし……。確かに江戸までは長旅になりましょうが、身重ゆえに無理、というほどではない、と思えますが」

　おかよの腹は、そろそろ目立ちはじめたころであったが、旅ができない、というほどではなかった。

「いえ。そういうことではないのです。赤児ができたゆえの……いわば、ご夫婦のたっての望みがございましてな。と申しますのも、ご夫婦は安産も願って、きょうの……節分の日に、〈仁徳天皇宮〉から出る玉の緒の御守りを、ぜひにも受け取ってからにしたい、と言われたのでございますよ」

「ははあ、そういった事情ですか」

「はい。それで、それが終わりましたのちに、ご夫婦を江戸までお連れすることにしたのですが、一昨日になって、やにわに状況が変わってまいったのです」

「ほう」

すでに、前方の辻も近づき、左に続く南御堂の石垣土堤も尽きようとしていた。

右手の角には、丸に多の字を染め抜いた長暖簾の［博多屋］という店がある。軒看板から見て、博多人形を扱っているようだ。

これより七十五年ほどのちには、この［博多屋］の位置に、［小橋屋《おばせ》］という巨大な呉服屋が店開きする。

さらにのちに開店する［大丸屋］や［十合《そごう》］などとともに、大坂の四大呉服店のひとつに数えられる呉服店だが、これは、まったくの余談である。

御堂筋の闘い

1

清瀬は、その［博多屋］の向かいの堀端に足を止め、話を続けた。

「と、言いますのも、〈榧の屋形〉の七人の刺客は、先ほども申しましたように道頓堀・立慶町《りゅうけいちょう》の木賃宿に集まり、そこを根城に、一人か二人が［鶉寿司］の様子を探っておったそうですが……」

ちなみに、この木賃宿については、若干の説明をくわえておかなければならない。

この大坂では、無宿人は三郷のうらに定住することも、宿をとることも基本的には許されていない。

わずかに、長町《ながまち》や宗右衛門町など四町だけに、所限りの木賃宿、百六軒が許されていた。これを定めたのも、大坂東町奉行の石丸定次である。

そのうちでも最大の数が認められていたのが立慶町で、その種の木賃宿が、六十三軒も集まっていた。

〈梱の屋形〉に巣食う輩《やから》の身許については、あの山路亥之助しかり、また先の源三郎しかり、といった具合で、どのような素性の者が集まっておるのか判然としない。

そのうちには、大和郡山藩分藩の家士も当然に含まれているはずだが、刺客として秘密裏の行動をとる以上、この大坂で自らの身分を隠避する必要がある。

かれらが無宿人にも門戸を開く木賃宿に集まり、そこを根城にしたのには、そのような事情があったにほかならない。

ところが、である。

清瀬は言った。

「どのような伝手からか、おそらくは芫青に関わった道修町の薬種問屋……そこの大番頭が、先に討たれた源三郎の父親なので、そやつの線からかもしれませぬが、七人の刺客は立慶町の木賃宿を出て、全員が全員、［鶉寿司］からほど近い商家へ移ったのです。それがちょうど、拙者が大坂に到着した日のことで、もう、その日は大騒ぎでございました」

「ふうむ……」

順慶町で露店の新屋が居座る場所に、ばらばらと人影が飛び出してきたところだな、と勘兵衛は思った。

「なんでも、今は空き家になっているところだそうですが……。そんな近間に本拠地を構えられますと、こりゃあ、おちおちしてはおられませぬ」

「それは、そうだ」

「それで、急遽、我らも対策を練り直しまして、意見はいろいろと出たのですが……」

清瀬の口調が、熱を帯びてきた。

「この際、一味の動きを逆手《さかて》にとって、ひとつ罠をしかけようか、ということに決まったのです」

「罠……」

「はい。悪い言いようをすれば、御守りを受けにいく信吉夫婦に、囮《おとり》になってもらおう、というわけです」

「そうか。夫婦揃っての外出を餌に、全員を燻《いぶ》り出そうという算段だな」

「そういうことです」

(ううむ……)

状況はわかった。

(しかし……)

勘兵衛には、思うことがいろいろあった。

たとえば、そのひとつ——。

人里離れたところなら、いざ知らず……。

この大坂という大都市のまっただ中で、それも真っ昼間に、である。

しかも七人と、十二人の闘いとなる。

その数のうちに、清瀬と勘兵衛自身、狙われている信吉夫婦までもくわえるならば、二十三人もが入り乱れての闘争劇がはじまろうとしている。

(ただでは、すむまい……)

と思う一方で、

(高みの見物、というわけにはいくまい)

どこか武者震いするような気分の自分も、いるのであった。

「ところで……」

と清瀬は堀端のところから、[博多屋]の角を差し、その指を右から左へと動かしながら言う。

「あの南北の筋は、南御堂前と北御堂前を通るので御堂筋と呼ばれております」

「ははあ……」

勘兵衛たちが立つ堀端は南御堂の南側で、石垣土堤と堀は四つ辻に沿って左へ、すなわち北のほうへと続くのであった
「我らの計画では、決着を、この御堂筋にてつけようと……」

「そのような手筈になっておるのか」

先ほどらい、清瀬が真剣に様子見に徹していたのは、その御堂筋の動きに気を配っていたようだ。

人通りは多い。

「はい。まだ余裕はありそうなので、手順をご説明いたしましょう」

「お願いしよう」

「この南御堂には、唐《から》門と四足《よつあし》門の二つの御門がありますが、その唐門のところに、すでに先詰めの者が、三人潜《ひそ》んでおります」

「ほほう、そうなのか。[鶉寿司]より、先に洗柿色の袷の三人が出ていくのを見たが、その御仁《ごじん》たちだな」

「ご高察のとおりです。敵の本拠地が［鶉寿司］より西にございましたので、出入りを覚られぬように、勝手口の東に置き看板を出して……と、これでも、ずいぶんと用心をしたのですよ。さすがに、勘兵衛さままでは、ごまかしきれなかったようですが」

「そうであったか。しかし拙者も、たまたま置き看板の東にいたから、気づいたまでのこと。あの置き看板に、そのような意図があったとは、まるで気づかなかった」

「そうですか」

「ところで、あの看板に立てかけられていた箒は、やはり、なにかの合図だったのかな」

「ははあ……。そこまでお気づきで……」

清瀬は、しばらく口を閉ざしたのちに、

「弱りましたな。ま、有り体に申し上げれば、あれは勘兵衛さまが、姿を現わしになったからでございますよ」

「む……」

「実は、［鶉寿司］の二階から、狩屋《かりや》という者が表通りを見張っていたのでございますが、怪しき……いや、失礼。勘兵衛さまを見とがめた、というわけでございましてな」

「ああ、なるほど」

　勘兵衛と視線を合わせそうになって、あわてて障子を閉めたのは、狩屋という者だったらしい。

「それで、さっそく、先に申しました、小女に扮したおつなどのが様子を見にいったついでに、合図の筝を立てたのですよ。実は内部に潜む六人の本隊のほかには、遊撃役が四人、連絡役が二人といった陣容でありましてな」

「うむ」

「遊撃役は交代で、常時［鶉寿司］を中心に、通りを巡回しながら用心しておったわけです。で、筝を立てかけられたときは、なんらかの異常が生じたときの合図です」

「そういうことか……」

　いちいち、勘兵衛の腑に落ちる。

「ついでに、ご説明しておきますと、遊撃役や連絡役の根城は、久宝寺橋袂の船宿でございますが、遊撃役のうち二人は、刺客たちが根城を替えたため、大急ぎで薪の露天商に化けまして……」

「ふむ。見張りのため、敵の真ん前に陣取ったか」

清瀬の深編笠が、大きく上下した。うなずいたのだ。

「一方、連絡役のうちの一人は、本日の決行が決まりましたのを報せに、きのう国許に戻りました。というのも、七人の刺客を全員、無事に討ち果たせればよいのですが、万一にも取りこぼしがあった場合に備えてのことです」

「そうか。国許では国許で、〈椪の屋形〉を襲おう、というのであったな」

本日の大坂での殲滅作戦を逃れた者があれば、まっすぐに大和郡山の〈椪の屋形〉に逃げ戻るはずであった。

「はい。国許では、それを見極めたうえでの襲撃となるはずです。仕掛けるからには、なにがなんでも全滅させねばなりませぬ」

清瀬の口調は、だんだんに昂《たか》ぶってきて、決意の固さを示していた。

「話が横道にそれましたが、そんなわけで、残る遊撃役は二人。その一人が巡回中に異常の合図に気づいて、船宿に泡を食って戻ってきたというわけで」

それが、勘兵衛のせいだ。

「それは、すまぬことをしたな。ところで清瀬さんも、その船宿におられたか」

「あ、これは、話が前後いたしましたな。いえ、なにしろ［鶉寿司］の二階では、ご夫婦と本隊の六人で、いっぱいいっぱいでありましたゆえ、拙者は船宿のほうに

「……」

「そうで、あったか」

と答えたものの勘兵衛には、いつ清瀬が自分に気づいたのだろう、と疑問が残った。

だが、それを言いだす前に、清瀬がその説明をはじめた。

「異常の報に、船宿に待機していた、もう一人の遊撃役に残る連絡役、それに拙者もあわせた四人が揃って、さっそく［鶉寿司］へ向かったのですが、その途中の古手屋にて……」

清瀬はめざとく、勘兵衛の姿を見いだしたのだと言う。

2

「ははあ、そういうことか」

勘兵衛は苦笑した。

「異常の報の元は勘兵衛さまであろうと考え、その旨を知らせに連絡役を［鶉寿司］に向かわせ、拙者はあと二人の遊撃役と一緒に、別の道を使って〈仁徳天皇宮〉に先まわりいたしました。なにしろ、五ツ（午前八時）前に信吉夫婦が店を出ろ、という手筈でございましたゆえ、ちょうど切迫したころあいだったのです」

「そうだったか。それでは、かえって騒がせたようなものだったな。すまぬ、すまぬ」

　偶然とはいえ、迷惑をかけたようだ。

「しかし、勘兵衛さまが、その塗笠を求められたおかげで、よい目印になって助かりました」

　勘兵衛としては、苦笑するしかない。

「ま、概略は、いま申したとおりですが、ここからが本番でございます。どうやら、連中は、我らの仕掛けにひっかかったようで……」

「これまでのところは、な」

　確かに七人の刺客を、揃っておびき寄せるのには成功したようだ。

「さて……」

　手のひらで勘兵衛を制したのち、清瀬が動いた。

　斜めに［博多屋］に近づいていって、その角のところから深編笠を押し上げ、南の方角を確かめている。〈仁徳天皇宮〉の方向であった。

　異常はなかったようで、

「では、まずは、先詰めの連中がいるところにご案内いたします」

「お、よいのか」

「はい。混戦になりましょうから、せめて味方同士の顔ぐらいは、見知っておく必要がありましょう」

「そりゃ、そうだ」

　ということは、勝手に助太刀をしてもかまわぬ、ということかな、などと考えながら勘兵衛は、四つ角を左に曲がる清瀬に従った。

　曲がったところに、巨大な石灯籠がある。

　その一町（一〇〇㍍）ほど北で、広橋が堀に架かっているが、山門までは見えない。

さらに半町ほど先にも、同じような広橋があった。

「手前の橋を渡れば唐門です」

「うむ。そこに先詰めが三人おられるのだな」

「そうです」

　道が三叉路になったところに、唐門へと堀を渡る広橋が架かっている。広橋の向かいには東西の通りが、どこまでも延びていた。

　唐門のところに、人影は見えない。

清瀬は、もう一度、後方を確かめたのちに広橋を渡りはじめた。

勘兵衛も続く。

広橋の半ばで清瀬は足を止め、深編笠をとった。勘兵衛も塗笠をとる。

すると唐門の向こうから、三人の武士が姿を現わした。

互いに、表情まで見てとれる距離だ。

三人の武士のいでたちは洗柿の袷、同色の袴に紋付羽織姿で、腰には大小の刀、紋は丸に立葵……。

(なるほど……)

勘兵衛が順慶町の煎餅屋で見た、細長い風呂敷包みは、腰の大小や羽織袴が入っていたらしい。

(つまり……)

これよりのちは、大和郡山本藩の本多家家臣として振る舞うつもりのようだ――。

と思う勘兵衛に、三人の武士の一人が会釈をよこした。

礼を返す勘兵衛に清瀬が、

「父です」

小声で言った。

「おう。さようか」

「あとの二人は渡辺《わたなべ》さまに、松原《まつばら》さま。三人とも、源三郎を討ち果たしたときのお仲間です」

「そうでしたか」

「はい。そのときは父も含めて八人でしたが、今回も、そのときのお仲間が全員、揃ってございます」

そんな会話を交わしているうちには、もう三人とも唐門の後ろに消えていた。

互いの顔見せは、簡単に終わった。

「では、次へ……」

清瀬にうながされ、途中まで渡った広橋を引き返しながら、互いに再び笠をかぶった。

3

清瀬と勘兵衛は、唐門までやってきた道を引き返す格好で、南へ向かった。〈仁徳天皇宮〉のある方向である。

「あの〈仁徳天皇宮〉には、南の鳥居から入られたのでしょう」

「ふむ、あとをつけておったら、そうなった」

「入って左へと進まれたはずですが、そこを逆に右へ進みますと、裏門と申しますか、通用口があるのです」

「そうなのか」

「はい。実は信吉夫婦ですが、玉の緒の御守りを受けたあとは、その裏門から出てくる手筈になっております。その門というのが、ちょうど、この御堂筋に通じておるのです」

「そういうことか」

「はい。ご夫婦には、護衛役のおつなどののほかに、前固《まえがた》めが一人、後ろ固めが二人、ぴったりとついて、こちらに向かってくることになっています」

「その前固めと後ろ固めたちは、町人姿であろうな」

「もちろんです。いずれも遊撃役の面面です」

そのうちには、あの薪の露天商も含まれているはずだった。

「獲物は……？」

「それぞれに、後ろ帯に十手と、懐に匕首を……。おつなどのは懐剣でございますが」

「ふむ。十手か……」

武家姿でも、町人姿で脇差を帯びていても、刺客に疑われようから、それ以外に方法はない。

あくまで、〈仁徳天皇宮〉帰りの通行人を装うのであろう。

（そうすると……）

山門のところに三人。

それから、夫婦を前後から挟んで直接に護衛する役が、おつなという娘も含めると、前固め、後ろ固めとあわせて四人……。

（連絡役のうち一人は、きのう、大和郡山に戻った、と言うたな……）

すると、あと四人が残っている。

信吉夫婦が出発したあとの［鶉寿司］には三人が残っていたはずだが、その後に抜け出て、それぞれの持ち場についたであろうことは、容易に想像ができた。

「信吉夫婦がこの御堂筋への通用門へ出た先の角に、うどん屋がありまして。そこに後詰めが二人、待機しております」

「すると、それ以外にまだ二人、残っておるわけだ」

「はい。残る二人は、夫婦が御守りを受けて、いざ通用門に向かおうという先駆けに、それぞれ角のうどん屋と、唐門への伝令をつとめます」

「そうすると、最終的には北の唐門に四人、それから前固めが一人きて、あとに、ご夫婦とおつなどのの三人、そのあとに二人の後ろ固め、それから七人の刺客、そして後方からは三人の後詰めがくる、という順番になろうか……」

「さようで」

（よく、できておる……）

娘は員数外としても、七人の敵を前方より七人、後方より三人で挟み撃ちにする戦略のようだ。

（こりゃ、出番はなさそうかな）

と勘兵衛は思った。

「ところで、お父上たちは武家姿であったが……」

「はい。これから、お引き合わせをいたします、うどん屋の二人も同様です」

「ということは、本隊の五人が、武家姿で……ということになろうかな」

「さようで」

「ふうむ……？」

その意味を、勘兵衛は考えていた。

わざわざ、五人が武家姿に戻ったのには理由があるにちがいない。

石灯籠を過ぎ、右手の［博多屋］を過ぎようとするあたりだった。

密偵として、ではなく、大和郡山本藩の徒目付として動かねばならない理由とは、なにか……？

（お……！）

そのとき唐突に、勘兵衛は思い出したことがあった。

「清瀬さん。うっかり、大事なことを話すのを忘れておった」

「なんでしょう」

「うん。今朝方に順慶町に入ったとき、気になる老人に会ったのだ。その者がな、刺客たちの尾行をはじめた俺のあとを、やはり、つけてきたように思えたのだが……」

「はて……？」

清瀬は首を傾げたが、やがて言った。

「心当たりは、ありませんね。気のせいでは、ございませんか」

「そうだろうか」

「きっと、その老人も、天皇宮の御守りが欲しかったのでしょう。信吉の話だと、たいそう人気のある御守りらしいですからね」

「ふむ……」

だが、勘兵衛には、まだ納得がいかない。

納得がいかないといえば、密偵として秘密裏に動くはずの五人が、なぜ武家姿に立ち戻ったかということもある。

尋ねることにした。

「ああ、そのことですか」

清瀬は答えた。

「実は、都筑御家老からのご指示です」

「ほう」

「というのも町中《まちなか》で斬り合いになれば、人数が人数ですから、町は大騒ぎになりましょう。すると、御家に傷がつかぬともかぎりません」

「それは、そうだな」

「それで、暴漢が徒党を組んで、町人夫婦を襲おうとした。それを、たまたま大坂見物にきていた我が藩の者たちが阻んだ……というかたちにしようということなんですよ」

「ふうむ……」

小考ののち、勘兵衛は言った。

「そのような小細工が通用するとも、思えぬが……」

七人の刺客に立ち向かうのは、五人の武家だけではない。十手を武器に闘うはずの町人姿の者も多い。

そのうえ、ただ暴漢たちを追い払うのではない。

七人全員を、討ち果たすつもりなのだ。

とうてい、ごまかせるものではない。

「実は一昨日、父は大坂東町奉行の石丸さまに会いに行きましてな」

「なんと……」

「どのようないきさつかまでは存じませぬが、それも都筑御家老のご指示であったようです。で、都筑御家老から石丸さまへの書状を手渡し、父は石丸さまに、本日の計画を打ち明けたそうです」

「つまり、なにか……。大坂町奉行の御墨付きを得たというのか」

「はい。まさかとは思っていたのですが、どうやら、そのようで……。ま、それにて今回の……。すべての段取りがついたようなものですが」

「ふうむ……」

勘兵衛にしても、にわかには信じられない話であった。

あるいは、都筑家老と石丸の間には、なにやらの結びつきがあったと思われる。

(すると……)

あの井戸の辻で出会った老爺の正体というものが、おぼろげに浮かび上がってきたような気がする。

(目明かしか)

そんなふうに思った。

そのとき——。

「や……!」

突然、清瀬が足を止めた。

「いかがした?」

言いつつ、勘兵衛の目にも、ずっと前方から駆けてくる若い男の姿が映っていた。

「伝令です。うどん屋での顔合わせまでは、できませんな」

「そうか。いよいよ、はじまったか。我らはどうする。唐門まで戻るか」

「いえ」

清瀬は首を振った。

「石灯籠より先にては、堀にでも飛び込まれては厄介なので、決戦の場は、先のうどん屋と［博多屋］の間の道筋にて……」

「それは、そうだな」

考えに考え抜かれた作戦だな、と感心する。

「では、どうだろう。あそこの紙問屋の日除け暖簾の裏に隠れるというのは」

少し前方の東側に、その紙問屋はあった。

そこそこの大店で、庇下《ひさしした》通路があり、ところどころに日除け暖簾がかかっていた。

［北條屋］というらしい。

「そうしましょう」

と言っているうちにも、前方からの伝令は、もう目の前であった。

勘兵衛と同じ年ごろの若い男は、魚屋らしい印半纏姿で、清瀬に気づいて小さく片手を上げながら、南御堂のほうへ走り抜けていった。

うむ、あれは、最初に［鶉寿司］の勝手口から入っていった男であったな、と勘兵衛は覚っている。

4

丸に北の字の商標が染め抜かれた、日除け暖簾の裏に入った。

庇下通路に人はいなかったが、店土間に手代の姿が見えた。

勘兵衛は塗笠をとり、

「しばし、休息をさせてもらう」

と声をかけた。

「はあ」

手代は不得要領な声を出し、かえって怪訝そうな顔になった。

清瀬のほうは、素知らぬ顔で深編笠をとりながら言った。

「江戸とはちがい、こちらでは、庇の下は屋外と同じです」

「ほう」

江戸で庇下通路がある大店だと、外側の三尺（約九〇センチ）が公儀の土地、それより内が私有地と決められている。

だが店頭の庇いっぱいに、屋号や商号を染めた暖簾をかけるのが常であった。

それで庇下通路に入ろうものなら客と見なされ、番頭や手代などが近寄ってくるものだが、ここ大坂ではちがうらしい。

（そういえば……）

鞘当てを避けるためにも、江戸では左側通行が基本だが、武士の少ない大坂では、てんでんばらばらに、好き勝手なところを歩くのであった。

まさに、ところ変われば……の感がある。

日除け暖簾は、下部の両端に錘《おもり》がつけられて斜めに、二枚が並んで張られている。一枚は、一間（一・八メートル）幅であった。

左端にできた三角形の隙間から、清瀬は南の方向を窺っていた。

右手の北のほうから、丸籠を二つ天秤棒の両側にぶら下げた小柄な中年男が、

「てん、かみくず、てんてん」

と言いながら、やってきた。

江戸では籠ボロ、と呼ばれる紙屑買いのようだ。

いい、てんてん、とは古手《ふるて》の略、なのである。

勘兵衛がいる日除け暖簾の、すぐ北側の目前に、この［北條屋］の勝手口がある。

紙屑買いは、その勝手口前に丸籠を下ろすと、潜り戸から中へ入っていった。

日除け暖簾の陰の勘兵衛たちには、気づかなかったようだ。

売り物にならなくなった紙や、反古《ほご》でも買うのであろうか。

その間に日除け暖簾の裏では、清瀬が深編笠を下に置き、古手屋で手に入れたという、濃茶《こいちゃ》の羽織を脱ぎはじめた。

羽織を丸めて笠の上に置くと、次に袴の股立《ももだ》ちを取りはじめた。

紙屑買いの相手でもしているのか、店土間からは手代の姿も消えている。

(ふむ……)

勘兵衛自身は着流しだから、これといった準備も必要ないが、清瀬が戦闘の準備にかかったのを見て——。

(このあたりで、やらかす気だな)

と気づいた。

南のほうの見張りは清瀬にまかせて、勘兵衛は日除け暖簾の右端から、北の方向を確かめていた。

魚屋に扮した先ほどの印半纏の若者は、伝令の役を終えて唐門から出てきて、辻の手前にある用水桶の陰に、かがんで隠れた。

その南御堂の唐門前の広橋では、一人ずつ、間をあけながら姿を現わしてきた武士が、それぞれ石灯籠のある辻の、東と西とに分かれて消えていった。

すでに、先詰めの準備は整ったようだ。

「きました」

清瀬の緊張を含んだ声が聞こえた。

「そうか」

勘兵衛は、日除け暖簾の裏を進んで、清瀬の肩ごしに南を覗いた。

「荷車の、やや後ろ」

「ふむ……」

覗いた先には通行人に混じり、振り売りも通っているが、その後方から俵物を積んだ荷車がやってくる。

例の、綱で曳くべか車だ。

（あれだな……）

荷車の少し後方に、羽織姿の若い商人ふうの男がいて、そのすぐ後ろに、信吉夫婦と供の娘の姿が見えた。

さらにその後ろにも、通行人が続く。

どてらを着た二人連れは、頬被りはとっているが、露店の薪屋に扮していた者だろう。どてらの色に見覚えがある。

（あの二人が、後ろ固めか……）

ちょうどそのあたりから人影の密度が濃くなるのは、七人の刺客に、さらに通行人に混じって後詰めが続いているせいだろう。

遠目だが、洗柿の羽織袴で足を急がせる武家姿が見てとれた。闘いの際《きわ》は、刻刻と近づいているようだ。

「ここより北に、［古梅園《こばいえん》］という墨屋がございますな。大和からの出店で、小さな店が……」

背を見せたまま、清瀬が早口に言う。

声が尖っていた。

「ちょっと待て」

勘兵衛は日除け暖簾の右端に戻って、北を見た。

十数間（約二〇メートル）先の向かい側に、〈古梅園墨〉の看板が出た小さな店が見えた。

［博多屋］からは、半町（五〇メートル）ほど手前にあたる。

「確かに……」

再び清瀬のところに戻って、答えた。

「松原《まつばら》が……、いや、商人に扮した前固めの者ですが、［古梅園］の店前にかかったときに、口火が切られます。すなわちその松原が、振り返って向きを変えたのを合図に、信吉夫婦とおつなどのが駆け出します」

「ふむ」

「前固めと後ろ固めの三人が、刺客たちの前に壁を作るのに合わせて、父をはじめとする四人が北より駆けつけ、南からは後詰めが迫って、都合十人で一気に刺客たちを取り囲む手筈です」

「こちらから先に、仕掛けてしまおう、ということだな」

「そうです」

「わかった」

答えながら、思わず知らず長刀の鯉口を切ってしまったのに気づいて、勘兵衛は自分自身に苦笑した。

高みの見物、どころか、しっかり参加しようとしている自分がいた。

苦笑ついでに、切った鯉口を元に戻した。

日除け暖簾の右端に寄った。

そこからは、勝手口前に手を伸ばせば届く位置に、紙屑買いの置いた丸籠と天秤棒があるのに気づいている。

（拝借するか……）

当事者ではない身を省《かえり》みるまでもなく、殺生に関わりたくない気持ちもあった。

（あれにて、充分……）

手を伸ばして、天秤棒を引き寄せる。

長さは、およそ五尺（一・五メートル）、右手につかんで、重さをはかってみる。

秘剣、〈残月の剣〉のために、日ごと握力の強化と剣の素振りを怠らず鍛錬している勘兵衛のこと……。

剣より一尺以上も長いが、扱いかねる、というものでもなさそうだ。

片手で軽く素振りをしながらも、そっと顔半分を暖簾から出して、南の方角を確かめる。

のろのろと進むべか車を追い越して、松原と呼ばれた若い先固めと信吉夫婦たちは、すぐにも勘兵衛と清瀬が隠れる、［北條屋］前に近づきつつあった。

清瀬は、勘兵衛から二間（三・六メートル）ほど離れた、日除け暖簾の左の端で背を向けている。

今まさに、先固めの松原が［北條屋］の店前にかかろうとしている。

続く信吉とおかよの顔色が、白っぽく緊張していた。

ぴったり寄り添うように歩く、おつなの左手が綿入れ半纏の前下がりをつかみ、右手は半纏の裏にもぐりこんでいる。

すでにして、帯に差した懐剣の柄を握っているのだな……と勘兵衛は思った。

それを隠すためにも、ぜひにも綿入れ半纏は必要だったわけだ。

5

固唾を飲むような時が、刻まれていくなか――。

勘兵衛が再び、北に目を転じていると、

「お！」

まさに〈此《こ》の時遅く、彼《か》の時早く〉といった潮合いで、清瀬の短く切迫した声がした。

「いかが、した？」

言いつつ、清瀬に目を転じようとした勘兵衛の網膜に、異様な気配が収束していた。

というのも――。

北の用水桶の陰にかがんでいた伝令が、やにわに立ち上がって、道路に飛び出してきたのだ。

続いて、辻に隠れていた本隊の武家姿までが目に入ってくる。

思わず勘兵衛は、左手で日除け暖簾を鷲づかみにすると、それをぐっと手前に引きつけて、南に顔を突き出した。

「や……！」

勘兵衛も、思わず声をあげている。

そのとき、勘兵衛の目に触れた光景はというと――。

七人の刺客のうちの一人だけが尻っ端折りで集団を抜け出て、腰の脇差を左手で押さえながら、脱兎の勢いで駆けてくる姿であった。

後ろ固め役が、その気配に気づいて振り返ろうとしたときには、すでに、その脇を抜けようとしている。

後ろ固め役も驚いただろうが、横脇を疾風《はやて》のように駆け抜けられた、べか車の人夫もびっくりしたようで、そのためにべか車が斜めになった。

それに行く手を塞がれて、残された刺客たちのほうも尻に火がついた様子で、駆け出しはじめた者もいれば、なにごとか、ときょろきょろする者もいる。

そして次の刹那には――。

尻っ端折りの先駆けは、二人の後ろ固めを躱《かわ》して信吉夫婦に迫ろうとしている。

だが、後ろ固めの二人はとっさに向きを変えて、残る六人の刺客を迎え撃つ態勢となり……。

「おつなどの！　後ろだ！」

清瀬が、叫びながら日除け暖簾から飛び出し……。

といった連続する場面を、勘兵衛の目はスローモーションのようにとらえていた。

そのとき勘兵衛は、天秤棒片手に清瀬より先に御堂筋に飛び出している。

それに気づいた前固めが、羽織で隠した後ろ帯から十手を引き抜きながら、勘兵衛を見た。

その目に、狼狽の色が見てとれる。

勘兵衛を怪しんだばかりのところへ、清瀬からも声がかかったために迷って、動きがとれずにいる。

その相手に向かって勘兵衛は、

「松原さん。俺は味方だ。後ろが敵だ！」

と叫んだ。

叫びながら目に入ったのは、尻っ端折りの刺客が、ぎらりと脇差を抜き放つ姿だった。

(南無三……!)

間に合わぬ、と勘兵衛は、手にした天秤棒を、刺客に向けて投げつけようとした。

かろうじて踏みとどまったのは、そのときすでに護衛役のおつなが懐剣を抜きはなって、刺客に立ち向かおうとしていたからだ。

なにごとか、おつなの甲高い声がした。

その声に、信吉とおかよの夫婦は、まろぶように走りはじめた。

(まずは、あの夫婦を守らねばならぬ)

勘兵衛は、夫婦の向かうほうへ走った。

その左側では、

「えい!」

陽の光を、きらりと弾き返しながら、おつなが気丈にも賊に懐剣をふるった。

だが尻っ端折りは、飛び退くように身軽に躱すと、おつなの相手はせず、なおも夫婦を追った。

だが左前方に、前固めの松原が十手を構えて立ちはだかり、右前方からも清瀬が迫ってくる。

「ちっ！」

次に男は、抜き身の脇差を右肩に担ぐと、猛然と走りはじめた。

わずかな間合いの差で、男は松原と清瀬の間をすり抜けた。

そのとき勘兵衛は、［古梅園］の店先で、北から駆けつけた魚屋に扮した伝令と二人、夫婦を背後に守っている。

男は、それすら一顧だにせず、ただひたすらに走り抜けていく。

あっさりあきらめて、逃げにかかったらしい。

だが、その行く手からは、三人の本隊が押し寄せてくるところだ。

ところが――。

いやに、はしこい男であった。

独楽鼠《こまねずみ》のような素早さで、横に、斜めにとちょこまか動いて、三人が三人ともはぐらかされてしまった。

最後にはずされた武家が、あわててそのあとを追ったが、あきれるほどの逃げ足の速さだ。

「うぬっ！　逃がしてたまるか！」

信吉とおかよを背に、十手を構えていた印半纏姿の伝令が叫んで、

「あとを頼めるか」

「まかせておけ」

勘兵衛が答えると、

「かたじけない」

ひとこと発して、北へ走りだした。

それと入れ替わりのように、懐剣を手にしたまま、おつなが追いついてきた。

「俺は日高信義どのの知辺《しるべ》で……」

言いかけた勘兵衛に、

「聞いております。落合勘兵衛さま……」

「うむ。騒がせたようですまぬな」

言いながら南のほうを見やると、清瀬もくわわって、乱闘がはじまっている。

六人の刺客に対するのは、清瀬も入れて七人、今、一人の刺客が血飛沫《しぶき》をあげて倒れた。

そこへ、北から武家姿の二人が走り込んできた。

一人は、清瀬の父で——。

息を荒げて、

「いやぁ、思わぬ仕儀にてぇ……」

勘兵衛にか、おつなにか、言い訳でもするように吠えたてながら、もう一人の武家と一緒に、卍巴《まんじどもえ》の乱戦の輪に飛び込んでいった。

すでに、通行人たちが遠巻きの人垣を作りつつあった。

「喧嘩やぁ！　大喧嘩だっせぇ」

と叫ぶ声もする。

また、刺客が一人倒れたのに、どてらを脱ぎ捨てた一人が、匕首でとどめを刺しているところが、人垣の間から見えた。

見物の衆から、どよめきが起こった。

もはや、刺客たちに逃れるすべはなさそうだ。

気になるのは、北に逃げた男である。

（ふむ……）

勘兵衛が確かめると、逃げた男が、あの唐橋門の広橋を渡っていく姿が見えた。南御堂に逃げ込んだようだ。

そのあとを、武家姿が追いかけ、先ほど勘兵衛のところを離れていった印半纏姿が、さらに後ろから追っている。

（都筑さまからの命《めい》は……）

一人残らず討ち果たせ、というものであったな……。

［古梅園］の潜り戸が開いているのを確かめて、瞬時に勘兵衛は決意した。

「おつなどの」

「はい」

勘兵衛は［古梅園］の勝手口を指さし、

「ご夫婦と一緒にここへ入って、内から戸を閉めるのだ。なに、あの騒ぎだ。誰も気づかぬよ」

「はい」

「しっかり、錠を下ろすのだ」

「あ、はい」

三人が潜り戸に入り、猿戸を閉じたのを見届けるなり、勘兵衛は俄然、天秤棒をひっつかんだまま、北に向けて駆けだした。

江戸への海路

1

勘兵衛は［博多屋］の角を左折して、南御堂の石垣土堤を右に見ながら西へと、ひた走った。

天秤棒を片手に走る勘兵衛に、まだ御堂筋の騒ぎを知らない通行人が、顔を引きつらせるように、脇へと逃げた。

走りながらも、勘兵衛は、さきほどの——。なにゆえ刺客の一人が突出してきたかの、推移《いくたて》というようなものを考えている。

あのように、身軽く、はしこい男であったから……。

考えられるのは、ひとつであった。

おそらくは、人通りの少ないところで信吉夫婦を襲うべく尾行している最中に、ふと何気なく振り返ったところ、後方から近づく洗柿の羽織袴の武家に気づいた。言わずと知れた、本多家家士の姿だ。気の走った男だったのだろう。

あるいは、なにごとか、仲間に告げたかもしれないが、そのときにはもう、走りだしていた……という次第ではなかったろうか。

その後に、おつながふるった懐剣を軽く躱しはしたが、その足さばきからして、武術の心得があるとは思えなかった。

帯の結びも、石畳ではなく貝の口だったから、武士ではない。

腕と度胸には自信のある、与太者、やくざのたぐいであろう、と勘兵衛は感じていた。

信義も、へったくれもない雇われ者だろう。

それで、さっさと闘いを放棄して、ただ一目散に逃げたのだ……。

とまで、勘兵衛は、事の次第を分析していた。

やがて、石垣土堤が尽きる四つ辻で、そこのところを勘兵衛は右に曲がった。

左手には古着屋が建ち並んでいる。

やはり客や通行人が、驚いて道を空けた。

そこは、勘兵衛が朝方に通った渡辺筋で、見覚えのある坐摩神社の鳥居が、左斜めに見えた。

そう。勘兵衛は、その鳥居正面にあった土堤穴門をめざしていた。

唐門から南御堂境内に逃げ込んだ、あの男……。

唐門の北にある、四足門のほうから出てくることはあるまい……。

再び御堂筋に戻りはすまい、と考えると、南御堂内部から脱出するには、あの土堤穴門のほかはなかろう、と考えた。

それで勘兵衛は、ここまで走ってきたのである。

前方に注意をこらしたが、渡辺筋に尻っ端折りの、あの男の姿は見当たらない。

あるいは、すでに、穴門を通って姿を消したのか――。

それとも、あとを追っていった二人と、南御堂の境内で闘いがはじまっているのか。

(もう、討ち取られてしまったのかもしれぬな)

とも思えたが、

(なに、あの独楽鼠のことだ)

ちょろちょろ、逃げまどったあげくに、あの穴を抜けて、やがて姿を現わしそうに思える。

その穴を、ちょいと塞いでやろう、と勘兵衛は考えていたのである。

勘兵衛は、いよいよ土堤穴門に近づいて、駆けてきた足をゆるめた。

そのとき——。

（や！）

その真向かいの坐摩神社鳥居のところに、思わぬ人物がいるのに気づいた。

あの井戸の辻で会った謎の老爺である。

老爺は、鳥居の少し後ろに建つ石の門柱にもたれかかり、煙管をくゆらせていた。

老爺と目が合った。

老爺は、にやり、と笑ったが、動かない。

（ふむ……）

勘兵衛は無視を決め込み、老爺には背を向けて、土堤穴門のなかを覗き込んだ。

その先では、冬の陽に照らされる南御堂境内の景色が、真四角で明るい切り絵のように見えたが、窟穴に人影はなかった。

余談ながら夏のころに、この人工の窟穴は日蔭で涼しくもあったから、中で西瓜売りが店開きして、客で賑わうところなのだが、冬ともなれば話は別だ。

また勘兵衛のなかで、この窟穴を抜けてみたい誘惑が動いたが、いやいや、と首を振った。

それでは、この鼠穴を塞ぐことにはならない。

（ここが、我慢のしどころだ……）

といって、穴の真ん前にいては、あの独楽鼠に怪しまれよう。

それで勘兵衛は、少し歩んで鼠穴の出口を空けておいて、天秤棒を杖のように立て、自分の背丈よりもずっと高い石垣にもたれかかった。

そうすると、斜め左手の鳥居の裏にいる謎の老爺と、いやでも向かい合うかたちになった。

（何者なのか……？）

先ほどに見た二人の連れの姿は見当たらない。

やはり目明かしのたぐいだろうと思えるのだが、肝心の老爺は、また新たな煙草を煙管に詰めながら、そっぽを向いていた。

まあ、なるようになるさ、と臍《はぞ》を決め、勘兵衛は静かに目を閉じた。

冬の陽に愛でられた、背の石垣がわずかな温みを伝えてくる。

東南に昇った陽の光で、瞼の裏が赤かった。

やがて、幽《かそ》けくはあるが、時鐘の響きが伝わってきた。

四ツ（午前十時）になったらしい。

最後の鐘の音が過ぎて、少しばかりたったとき——。

勘兵衛の目が、驟然《しゅうぜん》と開いた。

ざっ、ざっ、ざっ……。

雀の涙ほどの音ながら、荒らかな跫音《あしおと》を耳にしていたのだ。

それが、近づいてくる。

勘兵衛の五感に届く跫音は、ひとつだけではなかった。

石垣から背を起こした。

まぎれもなく、人が走っている跫音だ。

だんだんに大きくなる跫音の音色が変わった。くぐもったように聞こえる。

（あやつか）

勘兵衛は、天秤棒を両手で槍のように持ち替えて、窟穴から走り出てくるはずの人影を待った。

窟穴から勢いよく飛び出してきた人影は、やはり、あの尻っ端折りの男だった。

三十そこそこの、悪相である。

そのまま勘兵衛がいる方向に曲がろうとした男の表情に、驚愕の色が浮かんだ。

天秤棒を手にした姿に、［古梅園］のところで信吉夫婦を守っていた男、と気づいたのであろう。

だが男は立ち止まらず、抜き身の脇差を右肩に担いだまま、無言で勘兵衛の横を駆け抜けようとした。

その足に向けて、ひょいと勘兵衛は天秤棒を突き出した。

男は軽軽と飛んで、天秤棒を逸らそうとした。

だが、そのやり口は、先刻に勘兵衛は承知している。

ひょい、と突き出しただけにはとどまらず、片手だけで繰り出すように伸ばしたうえに、跳ねあげてやった。

それで男は避けきれず、たたらを踏んでひっくり返った。

「くそ！　この……」

近づく勘兵衛に、男は仰向けになったままで、遮二無二、脇差を振りまわしている。

勘兵衛は、手加減しながら天秤棒をふるった。

カン！

こめかみのあたりを打ったのであるが、えらく軽快な音がして、男は昏倒した。

そのとき、ようやくに窟穴から追っ手が出てきた。

その印半纏姿は、信吉夫婦のところから男を追っていった、あの若い伝令役だ。

「や！　仕留められましたか」

「気を失っているだけです」

「いや、かたじけない。あ、申し遅れましたが、拙者、渡辺啓馬《けいま》と申します。聞きますれば、落合藤次郎さまの御兄上とか……」

「ハハ……、ひょんなことでな」

勘兵衛のことは、すでに密偵たちすべてに伝わっていたようだ。

窟穴からは、もう一人の追っ手がまろび出てきた。

武家だ。

「父上、こちらです」

渡辺啓馬が言った。

道でのびている男に気づき、

「お、おう。でかした、のう……」

境内を、さんざんに駆けずりまわされたせいだろう。啓馬の父らしいのが激しい息づかいで言った。

「いえ、あ、それは、こちらの落合さまが」

「さ、さようか。それは……いや、かたじけない」

勘兵衛に、徒目付の渡辺啓二郎《けいじろう》でござる、と名乗ったあと息を整えた。

そして——。

「あれは……？」

ぼちぼちと、通行人が足を停めはじめていたが、渡辺敬二郎が気にしたのは、坐摩神社鳥居のところにいる、例の老爺である。

いつの間にか、数が増えている。

老爺に従うように、手下らしいのが三人もいた。

いずれもが、ひと癖ありげな顔つきをしている。

「さて……？」

ただ、じっと、こちらを窺っているらしいのが不気味だった。

勘兵衛は、わからぬ、と首を振った。

「さようか。いや、ぐずぐずはしておれぬ」

言って渡辺は、脇差を引き抜いた。

それから、失神中の男に馬乗りになると、左胸をひと突きにして息を絶えさせた。

「…………」

通行の見物人が、どよめくなか勘兵衛は、鳥居下の老爺を見つめていた。

(こやつ……。何者だ)

またも、思う。

その老爺が、また、にやり、と笑った。

そして――。

坐摩神社の鳥居から、これまで一歩も動かずに見物を決め込んでいた老爺が、ついに動いた。

2

源蔵が鳥居の外に出ると、南御堂の土堤穴門近くで、自分を見つめていた若侍以外の二人も、揃って緊張した顔を向けてきた。

(とにも、かくにも……)

先ほどに天秤棒を片手に活躍をした、あの若侍が凶賊の仲間でなくてよかった……と、思いながら源蔵は、三人に向けて軽く手を挙げた。

それから、ゆっくりと近づいていき、

「へぇへ。わしゃ、決して怪しい者や、おまへんからな。実は皆さまを、江之子島へご案内するようにと、言いつかっております者でござりましてな……。へい」

言って、軽く頭を下げて見せた。

「なに。そうか……。そなたがか……？」

賊の一人を刺し殺したばかりの中年武家が、意外そうな声を出した。

「へい。さいでおます」

「さようか。いや、いや。聞いてござる……。さようか。そなたであったか……。いや、厄介をおかけ申す」

（まさか、わてみたいなんがくるとは、思うてもみんかったみたいやな……）

と思いながらも源蔵は――。

「あとの始末は、おまかせをくださはりまして、へい、どうぞ、こっちゃのほうへ……。へぇ、どうぞ」

手を右肩から斜め下へと、往復させて招いた。

うなずいた武家は懐紙を取り出し、脇差の血糊を拭いはじめた。

「おい、おまえら、ちょいと見物の衆を追っ払ってこんかい」

源蔵が振り向いて言うと、与吉をはじめとする手下たちがやってきて、遠巻きの見物人たちに、

「さあさ。見せもんやあれへんで。終《しま》いや、終い。ほれ、さっさと去《い》にさらせ」

蹴散らしかねない勢いで、追い出しにかかった。

その間に、あの若侍が中年の武家に、なにやら尋ねている。

(ふうん……)

先ほど源蔵は、中年の武家と若侍が挨拶を交わしているらしいところも見ていた。

あの若侍、前後の事情を知らぬままに、今回の騒ぎに首を突っ込んできたんかいな、

(……ちゅうことは?)

などと源蔵は思っている。

といって、源蔵自身だって、前後の事情というものが、結局はもうひとつわかってはいないのであった。

なにしろ、ついきのうに――。

大坂東町奉行所の盗賊改方与力の柏木に、きょうのことを頼まれたばかりだ。

その内容は、といえば――。

この大坂三郷に、七人の凶賊が集まり、順慶町にある［鶉寿司］に押し込みをかけ

ようとしていること。

だが、それを阻止せよ、というのではない。

ただ［鶉寿司］の周囲を探れ、というものだった。

それも大坂東町奉行さまより、直じきの指名だと聞かされて、わけもわからぬままに、引き受けたのだ。

そして引き受けたとたん、柏木は、今度は石丸奉行の密命だ、と思いもよらないことを耳打ちしはじめたのである。

第一に、凶賊の目的は、実は押し込みではなくて、［鶉寿司］の主人夫婦の命を狙っている、ということ。

第二は、その凶賊に対して、大婦の命を守ろうとする義侠の一団があること。

第三に、きょうの節分に、主人夫婦は仁徳天皇宮に揃って出るはずだが、そこからの帰途、南御堂の近くで両者の間に戦闘が、起こるであろうこと。

第四に、戦闘の結果は定かではないが、決着ののちは義侠の一団を、江之子島東ノ町にある舟渡場まで運ぶ算段を整え、騒ぎが大きくならないうちに、すみやかに案内すること。

第五に、舟渡場では石丸奉行の用人で、吉村広兵衛《よしむらこうべえ》という侍が待ち受けているから、その人物に後事を託すこと。

最後に、凶賊の死者、負傷者は捨て置くも、万一、義侠の一団に死者や重傷者が出た場合は、すみやかにこれを大坂東町奉行所前の四箇所長吏方詰所に運び、門番を通じて奉行の家老を呼び出して、それを伝えること。

の、六ヶ条であった。

それで、源蔵は——。

きのうのうちに道頓堀の船宿から、加子(船頭)二人乗りの屋形船を二艘借りて、新渡辺橋袂の〈ざまみどの浜〉に手配りを終えていた。

江之子島は、木津川と百間堀川に挟まれた島で、天満の青物市場とともに古くより知られた魚市場の雑喉場《ざこば》で賑わうところ——。

〈ざまみどの浜〉より漕ぎ出せば、西横堀から立売堀《いたち》に入り、西に抜けきった川口あたりが、江之子島東ノ町にある舟渡場なのである。

それだけの手配りをすませ、一の子分である番頭の久助《きゅうすけ》に、事の次第を詳しく言い聞かせた。

その久助に、手下たちの指揮をまかせて、仁徳天皇宮の近くの商家に、待機させておいたのである。

自身は与吉と千吉とともに、今朝がたから順慶町の［荒砥屋］で［鶉寿司］の様子を窺っていると、柏木が言ったとおりの動きがあった。

それで、手下の与吉、千吉ともどもにあとを追うと、はたして身代限りで空き家のはずの［中島屋］から、七人の怪しい人影が出た。

あれが、凶賊にちがいない。

源蔵は、仁徳天皇宮近くまで尾行して、いよいよ確信し、与吉、千吉を、かねて待機の久助のもとに走らせた。

それから源蔵は、一人、〈ざまみどの浜〉に舫《もや》われた屋形船を確認ののち、坐摩神社の鳥居のところで待ったのである。

この神社の境内を抜けたところが、〈ざまみどの浜〉であった。

一方、久助の采配で子分たちは、南御堂界隈を物見して、事の成りゆき次第を逐一、源蔵のところへ報せてくるとともに、決着ののち［鶉寿司］の主人夫婦と義俠の一団を、屋形船まで案内してくれる手筈になっていた。

そんなところへ、あの若侍がやってきたと思ったら、目前で思ってもみなかった展開となった。

（いや、ええもんを見せてもろた……）

そんなことを思っている源蔵のところへ、若侍たちがやってきた。

ぺこりと頭を下げてくる若侍に、

「いや、あんさん、強いなあ」

まず声をかけてから、中年の武士に向かった。

「こちらも名乗りまへんし、お尋ねもしまへん。江之子島へは、この境内を抜けたところの浜に舟を用意しておりますんで、さっそくでっけど、ご案内をいたしまっさ」

「うむ。しかし……」

中年の武士が言いよどむのに、

「へぇへ。ご心配には及びまへん。御堂筋のほうは……、へぇ、残りの賊は、きれいに討ち取りはった、と、つい先ほどに、こやつらが報せにまいりましたよってにな」

見物人を追い払った手下を目で指した。

「おう、そりゃ、まことか」

「はい。ようございました。お仲間のうちには手傷を負われた方もいるようですが、なんの、たいしたことはないそうでおます。おっつけ……、あ、あれでんな」

ちょうど南御堂の角の四つ辻に、与吉や手下たちに案内されて、義侠の一団が北久宝寺通りを西に、西横堀川のほうへ足早に進んでいくところが見えた。

3

勘兵衛が、土堤穴門《ほふ》のところで渡辺啓二郎から聞いたところでは——。

刺客の七人を屠ったのちの密偵一団は、とりあえず江之子島に向かい、次は剣先船と呼ばれる柏原《かしわら》船で、平野川筋をのぼって柏原まで行く。

そこで舟を下りたのちに、大和郡山に戻る手筈だという。

大坂市中で騒ぎを起こした一団の行方を、韜晦させるための策で、そこにも大坂東町奉行の手が及んでいるようだ。

その第一段階の手配りをしたのが、あの謎の老爺——源蔵であったらしい。

源蔵の案内で、勘兵衛たちは坐摩神社の境内を抜けた。

屋形船は、遊山客用の貸し船だ。

加子二人、長さ四十六尺（一一・一メートル）の屋形船が二艘、〈ざまみどの浜〉に横づけされていた。

勘兵衛に清瀬に信吉夫妻、そして密偵一同の十五人が、浜のところで合流した。

「さ、さ。人目につかんうちに……」

源蔵が、せき立てる。

一団の指揮をとる清瀬拓蔵の父、平蔵が、二人の名を呼んだ。

「渡辺啓馬、松原兵之助」

「は……」

「両名は、我らとは別行動をとり、一足先に国許に、本日の首尾のほどを報せるのだ」

「承知つかまつった」

二人が答えて、離れていこうとするのを勘兵衛は、

「あ、渡辺さん」

呼び止めて告げた。

「実は、〈椎の屋形〉に、熊鷲三太夫と名乗る者がいる可能性がある。この者、なかなかの手練れゆえに、決して油断は召されるな、とお伝えいただきたい。さよう、歳は二十四歳、風体は……」

熊鷲と変名している、山路亥之助の特徴を詳しく伝えた。

「承知いたしました。必ずにお伝えする。では、ごめん……」

二人して、西横堀川沿いを北に向かった。

その背を見送ったのちに勘兵衛は、

「では、拙者もこれにて失礼をいたします」

言うと、清瀬拓蔵が、

「あれ。落合さま。それはなかりましょう。一緒に江戸に戻りましょう」

「いや。しかし……」

「しかし、では、ありませぬ。日高さまよりも、もし、落合さまにお会いしたならば、必ずそういたせ、と申しつかっております」

「いや。しかしなあ」

清瀬の役は、信吉とおかよの大婦を江戸まで連れ帰ることだが、なるほど清瀬一人では、荷が重かろうな……とも思う。

すでにこれまでの様子から、どうやら小夜は、この大坂にはきておらぬ様子だ、と覚っていた。

しかしながら、おかよは小夜の妹だから、その行方について、なにか知っているかもしれない。

だから、いろいろと尋ねたいことはある。

（しかしながら……）

そんな気持ちは山山だが、清瀬が一緒となれば、そうあからさまに尋ねるわけにもいかないではないか。

そのあたりが、なんとも悩ましいかぎりだが、勘兵衛と小夜との関わりを、ちらとでも清瀬に覚られるわけにはいかない、のであった。

いずれにせよ、江戸には戻らねばならぬわけだが……。

おかよとは、江戸で再会の機会もあろう。

そんなことを考え、また、ちらりと勘兵衛の頭をかすめるのは、つい指呼《しこ》の距離にある、[亀や]という安宿に若干の荷物を残していることと、順慶町の古手屋に風呂敷包みを預けていることであった。

(ま、いずれも捨て置いてもいいのだが……)

思案している勘兵衛に、清瀬がかぶせるように言った。

「そうしてくださいよ。実は明後日に、伝法《でんぽう》村というところから出る……樽入りの酒を江戸まで運ぶ、ええと、小早《こばや》というそうですが、その船にてご夫婦を、江戸まで連れ帰る段取りができております。なんでも、四日から五日ばかりで江戸に着くそうですよ」

「え、そんなに、早くか……」

その一言で、勘兵衛の腹は決まった。

「よし。では、ご同道させてもらおう。ところで、ご老人……」

勘兵衛は、源蔵に向き直った。

「ちょいと、頼まれてはもらえぬか」

「へぇへ。なんでございまっしゃろ」

「うん、実は、この大秤棒だが、［北條屋］の勝手口のところから、紙屑屋のものを無断で拝借してきたものだ。すまぬが、返してやってはもらえぬか」

「そりゃ、まあ、律儀なことで……。へい、へい、おやすい御用でおます」

源蔵が目配りすると、手下の一人が近づいてきて、勘兵衛から天秤棒を受け取った。

それから勘兵衛は懐から財布を出して、小粒を三つばかり懐紙に包みながら、

「ついでに、もうひとつよいかな」

「なんでも、お申しつけくださいな」

「うん。この上《かみ》に、拙者が宿をとった［亀や］というのがあるのだが、出たきり戻らぬとなると心配をしよう。拙者から言づかったと、この金を渡してやってはもらえぬか」

今朝の払暁に宿をとったとき、

——二、三日ばかり逗留させてもらいたい。

と言ったら、喜色満面になった老婆を、がっかりさせるのはつらい。

——こりゃ、ま、御念の入った心配りでござりますな。いやぁ、へい、確かに承りましてござります。

感に堪えたような声で、自ら金包みをおしいただいた。


さて、こうして勘兵衛は、一団とともに屋形船に乗り込むのであるが——。

勘兵衛は渡辺啓馬に、〈榧の屋形〉にいるかもしれぬ手練れ——山路亥之助には注意を払うように、と告げたばかりだ。

その、山路亥之助、のことである。

4

実は——。
ついひと月ばかり前、江戸・白壁町に亥之助の隠れ家があると突き止めた勘兵衛だったが、すでに亥之助は消え失せていた。

それで勘兵衛は、亥之助はひとまず暗殺団の本拠地である〈榧の屋形〉へ戻ったのであろう、と推察していた。

しかし、そうではなかった——。

本所と深川を分けて通る竪川《たてかわ》沿いを、東へ東へと亀戸《かめいど》村を越え、葛飾郡に深く分け入っていく道は、佐倉往還とも呼ばれる、江戸より行徳や成田へと通ずる街道でもある。

やがて下総《しもうさ》の平野を大きく蛇行して流れる中川を、逆井《さかい》の渡しで渡って舟を下りると、北は逆井村、南には西小松川村が広がっている。

このあたりから先の葛西《かさい》地方は、昔は川、池、沼などが錯綜する湿地帯で、ほとんど住む者もいない土地であった。

それが、新開地となった江戸で、爆発的に人口が増えていく。

日本橋から二里余の地の利を得て、近郊野菜の供給地として栄えることになるのは、歴史の必然でもあっただろう。

現代では河川や放水路の付け替えもあって、もはやかつてを偲ぶよすがもないが、渡し船を下りた先は、繁華な宿場町となっていた。

宿場の先に中川支流の舟入川というのがあり、これを伏見橋で渡っていくと、また川がある。

名を小松川という。

芭蕉の句に——。

秋に添うて行かばや末は小松川

と詠まれた先に、またまた境川というのがある。

西小松川村と、東小松川村とを分ける境の川であった。

このあたり、見はるかすかぎりの葛飾の地は、もちろん天領であり、将軍家の御鷹場でもあった。

で——。

これより、まだのちの話であるが、八代将軍の吉宗《よしむね》が鷹狩りの帰途に、西小松川村、間間井《ままい》の森に建つ香取神宮に立ち寄り、出された青菜をたいそう気に入った。

それで、この付近で採れる青菜を〈小松菜〉と名づけたそうな。

それは、どうでもよい。

東小松川村には、上の庭・新道・中の庭・入の庭・大江川・渡し場・品清《しなせ》という七つの集落がある。

七つの集落には、小松川や境川から水田へと引かれる用水があって、その取水口あたりには、それぞれに水神社が祀られていた。

だんだんに、まわりくどくなりそうなので結論をいえば、その品清集落の水神社横に、山路亥之助は仮寓していた。

小さな稲荷社である。

社務所らしき建物はあるが無人で、品清の集落の住人が管理する社であった。

そのようなところに、なぜ、亥之助が仮寓しているのかについては、もちろん子細がある。

その子細については、のちに語りもしようが、その——。

陋屋《ろうおく》とも呼べそうな稲荷社の建物で、

(はて——?)

亥之助は、一人、さようも考えにふけっていた。

(なにゆえに、きゃつが……?)

その、きゃつ、とは〈無茶勘〉のことである。

元は、越前大野藩の郡奉行の嫡男であった亥之助は、ゆえあって故郷を出奔《しゅっぽん》して、今は大和郡山藩分藩の、江戸家老である深津伊織に雇われている。

名も、熊鷲三太夫と変えていた。

その亥之助が深津家老から、つい先ごろに、ある人物の暗殺を指示された。

その人物とは、同藩江戸屋敷で御奏者役を務める原田九郎左衛門である。

その原田は、先般、命じられて長崎に向かい、長崎奉行の手から抜け荷の品である唐渡りの猛毒と、阿片とかいう秘薬を江戸へ運んできた。

その役を終えたのちに、原田は致仕《ちし》を申し出たそうな。

その原田の、長崎での役柄というものは――。

まさに秘中の秘、ともいうべき密事であったから、

――ま、あやつなら、うっかり漏らしもいたすまいが、念を入れておくにこしたことはない。

と深津は、その口を塞いでしまおう、というのであった。

今は心の奥底に、昏《くら》く深い恨みを沈ませて生きている亥之助ではあったが、そのように不条理きわまりない理由で人を殺《あや》めるのには、やはり乗り気ではなかった。

それでも、命令に背くわけにもいかず、原田が職を辞して江戸屋敷を出る、その日に――。

亥之助は原田のあとをつけ、斬る機会を窺っていたときのことであった。

思いがけぬ人物を見た。

それが故郷で〈無茶勘〉と渾名《あだな》された、亥之助より四つ年下の落合勘兵衛で、亥之助は少年のころより（小癪《こしゃく》なやつ）と、気に入らない男なのであった。

いささか剣の腕に自信のあった亥之助だが、故郷の剣道場同士の試合において、つい不覚をとってしまった、憎い男でもある。

故郷の大野を出奔してより、二年と八ヶ月……。

その勘兵衛の姿を、亥之助は原田を尾行中に、江戸の街角に見いだしたのである。

まさか勘兵衛が、江戸に出てきているなどとは知るよしもなかった亥之助が、さらに驚いたのは——。

深編笠で面体を隠していたにもかかわらず、その勘兵衛が、あろうことか亥之助を追ってきて、「待て、亥之助！」とまで背後から叫んだのである。

（どういうことだ……）

それが亥之助には、どうにも合点がいきかねる。

故郷を出奔の亥之助に、主命によって討手がかかったのは知っている。

だが、そのなかに勘兵衛はいなかったはずだし、討手たちも、やがてはあきらめて、故郷に戻ったと仄聞《そくぶん》していた。

（ふむ、塩川《しおかわ》重兵衛《じゅうべえ》がことか……）

どうしても、考えはそこに行き着く。

この夏のこと、ある事情が絡んで、亥之助は二年ぶりに故郷の大野に舞い戻った。

もとより、密かな潜入である。

目的は、父の帯刀《たてわき》を死に追いやり、家を改易にした大野藩執政たちへの復讐であった。

だが、その復讐をひとつとして果たさぬうちに、目付格の塩川重兵衛に、土布子《つちふご》村の隠れ家を突き止められた。

闘いとなり、亥之助は重兵衛の太股を斬ったが、自らも左の肩を袈裟懸けに斬られて、九頭竜川の濁流に落ちた。

いや、塩川に配下がいたために、自ら飛び込んで逃れた、というほうがあたっている。

濁流のなかでもがくうちに、意識を失った。

気がついたときには、粗末な船頭小屋の中であった。

亥之助は、およそ半里ばかりも流されて浅瀬にひっかかっているところを、越前勝山城下、森川村の船頭の条吉《じようきち》に助けられたのである。

そのときの傷がもとで、塩川重兵衛が命を落としたとは、亥之助が傷癒えて、条吉とともに江戸に戻ったときに知った。

ごく、最近のことである。

（しかし……）

それに勘兵衛が、どう関わるのかが、どうにも解《げ》せない。

あるいは——。

（永井《ながい》のほうか……）

この十月も、終わりのころである。

実は亥之助、江戸の多町《たまち》にある比丘尼《びくに》宿で、大野藩士の永井鋭之進《えいのしん》に顔を見られた。

それで永井を斬って捨てたのだが、それゆえか……。

それにしても、永井を斬ったのが自分だと、どうやって勘兵衛は、気づいたのか。

（わからぬ）

一向に、もつれた糸は解けないのであった。

とりあえずは、原田を討つことをあきらめた亥之助は江戸を捨て、その足でこの地にやってきた。

そして、いろいろ考えをめぐらせていくうちに——。

（そういえば……）

あれも、これも……と。

これまでに、気持ちにひっかかっている、さまざまなことまでが思い出されてくるのであった。

5

まさかに山路亥之助が、江戸から目と鼻の先の、東小松川村なんぞに潜んでいるなど、夢にも思わない勘兵衛は、大坂・西横堀川に漕ぎ出す屋形船のなかだ。

船が動きだした。

「で、小早とか言うたか、江戸への船は。そりゃ、そんなに速いのか」

勘兵衛は、さっそく清瀬に、それを尋ねている。

「まことに早うござる……そうで。というても、日高さまの受け売りですがね」

大坂から江戸への潮路は二百四十五里、諸国より産物が集まる大坂近辺の港より、物資はこのころ、菱垣廻船《ひがきかいせん》と呼ばれる帆船にて、江戸へと運ばれていた。

ところが三十年ばかり前の正保年間（一六四四〜）になると、樽入りの酒を専門に、尼崎付近から、小早、と呼ばれる小型で高速の船が用いられるようになった。

そして十数年前には、大坂と伝法の二ヶ所に、酒荷専門の廻船問屋が何軒か現われて、荷役の短縮と高速性が競われるようになった。

江戸という土地柄は、なにしろ——。

女房を質に入れても食べたい初鰹

といわれるほどに、新しもの好きで、旬を尊ぶ気風がある。

それで灘や西宮、伊丹などで、香り高い新酒ができあがり、化粧樽に仕込まれるころには、そいつを人より一日でも、いや半刻でも早く飲みたい。

のちには樽廻船と呼ばれて、船も大型化していくが、新酒のころともなると、江戸っ子のニーズに応えて、年に一回の新酒番船の海上レースのようなありさまともなっていく。

早いもので三日、平均しても五日で江戸に到着したそうな。

「ま、ちょうど、その時期でございますからな。正月も近うございますので、もう毎日のように、どんどん江戸へ送っている最中なのでございますよ」

と、いうことらしい。

つい先年まで上方では、新酒、間酒《あいしゅ》、寒前酒《かんまえざけ》、寒酒《かんしゅ》、春酒《はるざけ》と、四季を通じて年に五回の酒が造られていた。

ところが二年前、幕府は酒造統制のため、寒造り以外の醸造をすべて禁止した。寒造りとは、寒酒の仕込み方を改良したものである。

だからして、ここでいう新酒とは、それ以前に呼ばれた新酒とはまるでちがう。以前の新酒が、前年に収穫した古米で八月ごろに造られたのに対し、ぴかぴかの新米で造られる。

だから、まことに香りよく味よく、江戸っ子ならずとも新酒が新酒であるうちに、一日も早く飲みたいのが人情なのだ。

おそらくは、日高が大坂時代の伝手なのであろう。

三日前に大坂に入った清瀬は、［鶉寿司］に立ち寄ったあと、その足で六間屋川沿いにある伝法村に、酒荷専門の廻船問屋である［中島屋］小左衛門《こざえもん》を訪ねている。

懐には、日高から小左衛門宛の書状があった。

そして師走二十二日の便に、乗船を許されている。

「ところがその翌日には、例の刺客どもが宿替えをしたんで、こりゃ、どうなることかとやきもきいたしましたが……」

万一の場合も考えて、翌日も清瀬は［中島屋］まで足を運んでいる。

もし二十二日に間に合わぬときのために、今年の最終便となる二十四日の船も押さえてきたそうだ。

「ま、苦労はありましたが、なんとか収まりがつきそうで、一安心です」

「そうだったか。そりゃあ、多忙なことであったな。ところで……」

［鶉寿司］の店を、あのまま無人で、ほっぽり出しておいてよいのか、と気になっていることを尋ねた。

ちょうど屋形船が、大きく右に舵を切って、立売堀に入るころだ。

「はあ、あそこは借り店だそうで、残した荷物のこともございますが、とりあえずの暇を出している通いの小僧や、仲居のことも含めまして、石丸さまの御家来衆が、よきように取りはからってくださいますそうですよ」

「ふうん。そうなのか……」

ちらりと、屋形船の隅にいる信吉夫婦を見やると、二人は、これからの行く方を案ずるように、じっと身を寄せ合っていた。

（ま、日高どのが、悪いようにはしないだろうが……）

思えば、突然に大和郡山に呼ばれたり、大坂では刺客に狙われたり、と気の毒な夫婦ではある、と勘兵衛は思うのである。

（いや、人ごとではないぞ）

勘兵衛もまた、小夜の人生を左右させた張本人であることを思い出し、小さく唇を嚙むのであった。

（それにしても……）

大坂における日高信義の顔の広さもさることながら、石丸という大坂東町奉行の――。

（好意たるや、尋常なものではない）

と勘兵衛は思う。

それで、

「ところで、清瀬さま……」

あまりに無遠慮かと思って迷ってはいたが、湧き出る興味を押さえがたくなって勘兵衛は、同舟の清瀬平蔵に声をかけた。

「はあ、なんでござろうの」

「はい。こたびのこと、いかい、大坂東町の御奉行さまに目をかけていただいたようですが……、なにやら特別のことでもございましたのでしょうか」

「ふむ。そのことのう」

目尻の皺を深くした平蔵に、そばにいた拓蔵も口を出してきた。

「いや。そのことでございます。父上……。わたしも、大坂に着いてより、ついバタバタと忙しゅうて、そこのところを詳しく聞いてございませぬ。なにゆえに石丸さまは、我らにあのようにお味方をしてくださったのでしょう」

と尋ねている。

というのも、清瀬拓蔵は、大坂に入るなり船の手配に走りまわり、肝心のところを知らずにいたらしい。

「思えば、十余年もの昔のことになるのじゃが……」

平蔵が、遠くを見るような目つきになって話しはじめた。

先に、ちらりと触れたが寛文二年（一六六二）のことである。

当時、大和郡山藩の部屋住みであった本多政長は、身の危険を感じて湯治を口実に、摂津の国、有馬の湯へと逃げた。

その折、都筑家老は、当時の大坂東町奉行であった松平重綱《まつだいらしげつな》と、西町奉行であった彦坂重治《ひこさかしげはる》の両名に対し、辞を低くして理を説いて、有馬にある若殿の周囲の警護を依頼した。

もちろん、それなりの金品も渡している。

摂津の国は、大坂町奉行の管轄であったからだ。

ところが有馬の湯で、政長が刺客に襲われてわかったことだが、両町奉行ともに、いわゆる、やらずぼったくり、というやつで、なんの手も打ってはいなかった。

そんななか、大坂東町奉行が交代することになった。

新たに大坂に赴任するのは、石丸定次といって、老齢ながら硬骨漢として知られた人物である。

一方、政長のほうは、その間に、弟を毒殺されて、いつまた一時的な逃避行を余儀なくされるかわからぬ状況にあった。

摂津、河内、和泉に播磨と、大和に近い四ヵ国を支配する、新任の大坂町奉行は、都筑家老にとって、いざ非常のときに、どうしても力を借りたい存在であったのだ。

そこで都筑は、わざわざ江戸にまで出かけて、まだ大坂に赴任する前の石丸を、本郷、水道橋近くの屋敷に訪ね、再びの懇願をするにいたった。

そのとき石丸は、

――かの本多平八郎君《ぎみ》の御家のこと、以前より、憤懣《ふんまん》やるかたなく思っていたところ、先には政長君に刺客を放たれ、弟君毒殺のことも聞き及びたり。もし我に折柄《おりから》あれば、いつなんどきでも、一臂《いっぴ》の労を執《と》らん。

と、力強い返事があったという。

そのときから、十数年の刻が流れたが、石丸は都筑との約束を忘れず、最大限の協力をしてくれたらしい。

（なるほど……）

勘兵衛は、まだ見ぬ石丸のことを聞きながら――。

（武士たるもの……）

いや、男児たるもの、かく、ありたい、と胸を熱くしたのであった。

禁足処分

1

さて、ここからは余談となって、この石丸定次の最期を書いておかねばならない。たびたびの氾濫によって、大和川筋の付け替えを願う民の声は、なかなかに幕府には届かない。

河内・今米《いまごめ》村（現東大阪市今米）の百姓、久兵衛《きゅうべえ》が、自ら大和川筋を測量して歩き絵図まで作り、大和川付け替えの嘆願訴状を江戸町奉行に出したのが、これより二十五年前のことである。

九兵衛の死後は、倅の中甚兵衛《なかじんべえ》が、これを引き継いで近隣の村村を団結させての運動の結果、ようやくに四年前に閣議決定がなされ、工事奉行や堤奉行までが決められた。

江戸から河内の地に、役人たちがやってきたのだ。

ところが、ここに思わぬ落とし穴があった。

川を付け替えるとなれば、新たな川筋に選ばれた村村は田をなくすわけだから、付け替え促進派に対する反対派が騒ぎだした。

このあたり、現代のダム促進派と、反対派に通じるところがある。

そんな地元の抵抗に遭って、さっさと幕閣は手を引いた。百姓のエゴになど、つきあってはおれぬということだ。

そんなこともあって、このところ続けさまに起こる大和川の洪水、氾濫被害に対して、幕閣は冷淡だった。

そんななか、石丸一人が幕閣に背を向けて、私財も含めて二十四万貫もの大金を投じ、窮民を救おうと頑張っていた。

だが、そんな石丸の姿勢を、幕閣が快く思うはずがない。

これより三年後に、大坂城代として赴任してきた遠江《とおとうみ》浜松藩主の太田資次《おおたすけつぐ》も、そんな石丸が煙たくてならない。

太田は、大坂に赴任して一年とたたぬうちに、石丸のことを――。

奸商と相謀り利を貪《むさぼ》り、専横の沙汰多し。

と幕閣に届けて、石丸は延宝七年（一六七九）の五月、七十七歳にして江戸召還を達せられた。

だが不思議なことに、幕府諸役人の任免記録である〈柳営補任《りゅうえいぶにん》〉の石丸定次には、

寛文三卯八月廿四日大坂町奉行

の一行を最後に、〈辞〉も〈御役御免〉も〈卒〉も記されない、どうにも不思議な記録が残っている。

そして〈徳川実紀〉には、延宝七年五月十日の条に——。

大坂町奉行石丸石見守《いわみのかみ》定次大病により。家族等がこふによりて……

医師を差し向けた、と病死を匂わせる記述が残っている。

この二つの記録をつきあわせて考えるに、大坂町奉行という役は正式に解かれたわけではないが、といって大坂町奉行として病死したのではない、というふうにしか理解するほかはないのだ。

しかし、石丸は江戸への帰途、大津の宿で自死して果てた……という噂が、のちの勘兵衛の耳には届いている。

そのとき勘兵衛は、

（もしや、あのときの……）

と、大坂のことどもを思い浮かべて、心を痛めた。

その延宝七年というのは――。

勘兵衛の周辺に、風雲が激しく渦巻いた年でもあったから勘兵衛の想いも一入《ひとしお》で、あのとき、かのとき、と来し方のあれこれを、心に浮かべたものだ。

そして、つくづくと――。

（なるほど、過去に、もしも、を持ち込んでも仕方はないが、すべてのできごとというのはいつの日か、必ずや谺《こだま》のように戻ってきて、また新たな人生の道を拓《ひら》かせていくものなのか）

というような感懐を、いだいている。

と余談は、ここで切り上げて、やがて屋形船は江之子島に着いた。

そこには石丸定次の用人である吉村広兵衛が待ち受けていて、江之子島北の雑喉場問屋［薩摩屋］へと一行をいざなった。

その［薩摩屋］が建つ川向かいの、九条村の岬には、大坂の舟手屋敷や舟倉、舟番所などが建ち並んでいる。

［薩摩屋］の河岸には、すでに二艘の二十石積みの柏原船が待ち受けていた。

この柏原船というのは、平野川筋を使って大坂と柏原を往復する貨物船で、柏原組、平野組、大坂組の船仲間に、あわせて七十艘が許されていた。

そして、柏原船のなによりの特権は、平野川筋にかぎらず、どの川筋に入るも自由、しかも運行範囲の制限もなかったのである。

清瀬平蔵をはじめとする密偵たちは、とりあえずは［薩摩屋］に入って、それぞれに舟人足らしく衣服を改め、大坂舟番所が出した書付手形を吉村から受け取っている。

まことに念の入った手配りであった。

「では、拓蔵、達者でな」

「父上こそ……。もし〈櫃の屋形〉に討ち入るようなことあらば、十分にお気をつけくださいますよう」

「気遣いは無用じゃ。朗報を待て。また会おうぞ」

　そんな清瀬父子の会話もあって、干鰯《ほしか》の荷とともに柏原船が去ったあとには、勘兵衛と清瀬に、信吉夫婦の四人が残された。

　四人が、［薩摩屋］で一泊の間、石丸家用人の手で葛籠《つづら》が二つ届けられてきた。

　これは信吉夫婦が、手回りの品を詰めて準備していたのを、［鶉寿司］から運んでくれたようである。

　翌十二月二十一日の立春の日に舟を出してもらい、伝法村にある廻船問屋、［中島屋］へと向かった。

　すでに［中島屋］前の六間屋川の河岸には、あしたに勘兵衛たちが乗船する、小早と呼ばれる廻船が着いていた。

「おう、これか」

「はい。東雲《しののめ》丸というそうで……」

　勘兵衛と清瀬が見やった帆船は三百石積みで、折しも舟人足たちが、浜辺に山と積まれた薦被《こもかぶ》りの四斗樽《しとだる》を荷積みの最中である。

　薦被りには、不動明王の降魔《ごうま》の剣に菱をかたどった、いわゆる〈剣菱〉の商標が描かれていた。

伊丹で醸造された酒樽は、高瀬舟で猪名川《いながわ》を下り、ここ伝法村へと運ばれてくるのであった。

（ふむ……）

せっかく大坂までやってきながら、京も見物せず、小夜にも会えず……。

いったい、なにをしにきたのか、と思う反面で勘兵衛は、海路で江戸へ向かう自分に、なにやら、わくわくする気分も味わっている。

なにしろ山峡の城下町に生まれ育った勘兵衛が、初めて海を見たのは二年前、江戸に出てきた折であった。

その海を、この大坂の地から紀州の半島を巡って、はろばろと江戸まで行こうというのだ。

そんな軽い興奮を覚えた次には、ふと上司の松田の顔や、若党の八次郎の顔などを思い浮かべて、

（弱ったぞ）

などとも、思うのであった。

2

東雲丸が五日五晩の航海を終えて、大川河口を北上しはじめたのは、この年も、あと三日で終わろうという師走二十七日の午前であった。

その間、清瀬と信吉は船酔いに苦しんだが、心配していたおかよのほうは、まことにけろりとしていて勘兵衛を安堵させた。

その勘兵衛は、冬の海風の冷たさも忘れ、海上から朝日に輝く富士の峯《ね》に感動したほどに意気軒昂である。

やがて東雲丸は、霊岸島・稲荷河岸《とうかんかし》からほど近い大川の隅で帆を下ろした。

小早には、大小合わせて八本の四爪錨《よんつめいかり》が装備されていて、碇泊作業の最中にも、早くも荷足舟《にたりぶね》が集まってきた。

「この薦被りは、どこまで運ばれるのであろうな」

勘兵衛は、すでに仲良くなった水夫頭《かこがしら》の才助《さいすけ》というのに、酒樽の陸揚げ場所を尋ねた。

「へえ、この荷は、南茅場町の下り酒問屋［丸屋］の荷で、おまっさかい、茅場河岸あたりに下ろされます」

「おう、そうか。では、すまぬがな。我ら四人を、その一番舟に乗せてはもらえぬか」

「へえ、そのつもりで、おま」

「いや。いかい世話になったな。これは些少だが……」

水夫たちと飲む酒手の足しにしてくれと、少し包んだ。

「いや、まことに早く着いたものだ。おぬしの言うとおり、船にしてよかった」

酒樽や、信吉夫婦の葛籠とともに荷足舟に乗り移り、御船手番所を右に見て、霊岸島新堀に架かる豊海《とよみ》橋をくぐりながら勘兵衛が言うと、

「はあ、いや、もう、船はこりごりにて……」

さんざん船酔いに苦しんだ清瀬が、青白い顔色で弱音を吐いた。

「俺も江戸にきて、初めて長く川舟に乗ったときには酔った。まあ、馴れてしまえば、どうということもない」

「そんなもんでしょうか」

清瀬が、力なく笑った。

その横では、信吉もぐったりしていた。

要は、二人ともに、舟に馴れていないせいだ、と勘兵衛は思っている。

勘兵衛が初めて船酔いを経験したのは、昨年の二月ごろであっただろうか。

あれは勘兵衛が密命を帯びて山路亥之助を追っていたころ、亥之助が遠州役人の山《や》川《ま》猪《かわ》兵《い》衛《へ》と名乗って、二ッ目之橋近くの船宿に逗留していたことをつかんだ。

それで亥之助の行動を知ろうと、同じ船頭を雇って、この大川を、あちこち行き来したときのことであった。

その後に、船酔いをしたことはない。

（あのときは……）

その船酔いのおかげ、というわけではないが、あれが亥之助が企む、大名行列襲撃計画を嗅ぎとる、きっかけとなったのだな、と勘兵衛は思い出した。

（さて……）

その亥之助は江戸より姿を消して、今は大和郡山の〈榧の屋形〉にいる、と勘兵衛は信じている。

そして、その〈榧の屋形〉の一味を殲滅させようと、大和郡山藩本藩が動こうとしていた。

いや、もう、すでに襲撃は終わっているかもしれない。

（どう、なったであろう）

亥之助も討たれたであろうか、などと考えているうちに、荷足舟は茅場河岸に着いた。

久方ぶりの陸地に、さすがに勘兵衛も足下が落ち着かない。わずかな、揺曳《ようえい》感があった。

「では、清瀬さん。また連絡をする。信吉さん、おかよさんのことは頼んだぞ」

「うむ。大丈夫だ」

これは勘兵衛も予想していたことだが、日高の指示で、江戸に連れてきた信吉夫婦は、ひとまず田所町の［和田平］まで送ることになっていた。

「それでは、おかよさん」

「あい」

「ときどきは、拙者も顔を見せる。くれぐれも……、その……お腹の子を大切にな」

「あい」

勘兵衛と、おかよ、互いに深いまなざしを交わしあい、次に二人の目が、陸揚げされた葛籠に向けられたものだが、ずっと船酔いに苦しんできた清瀬も、信吉も、そんなことには気づかない。

三人と別れて勘兵衛は、海賊橋で楓川《もみじ》を渡り、ひたすら足を急がせた。

これから、愛宕下の江戸屋敷に向かうつもりだ。

本材木町の河岸道を南に足を急がせる勘兵衛の目に、飛び込んできたのは餅搗《もちつ》きの風景であった。

江戸の町家では〈引きずり〉といって、町内の鳶《とび》の者などが釜や薪、臼や杵などの餅搗き道具を、注文の家まで引きずってきて餅を搗く。

大釜の下には薪をくべ、上には釜に蒸籠《せいろう》を幾重にも重ね——そんな光景が、そこかしこに散見できて、餅を搗く音が周囲にとどろいている。

（年の瀬か……）

改めて、そのことを実感しながら愛宕下へ急ぐ。

（はたして、松田さまは……）

今度のことを、どのように思われていような、などとも、ちらりと思う。

いずれにせよ、勘兵衛が小夜のあとを追って上方に上ったことは、上司の松田与左衛門には、とうに露見している、と見なければならない。

たとえ、そうでも、江戸を離れた理由については、当初の心づもりどおりに黙秘を貫く覚悟である。

だからして、はなから言い逃れをしよう、などという気はさらさらなかったが、

(女色に溺れ、未練心から、あとを追った……)

などと思われていては、まことにつらいものがある。

しかし勘兵衛には、お叱りも、処分も覚悟のうえでの行動であったから、すでに腹は据わっていた。

それゆえに、せめて——。

吾が進退、豈《あに》綽《しゃく》綽《しゃく》然《ぜん》として余裕あらざらんや。

孟子の言ではないが、そのようでありたいと願っている。

3

白魚橋で京橋川を渡るあたりで、正午の鐘を聞いた。あとは新橋で江戸城外堀を渡れば江戸屋敷は近い。

愛宕下の屋敷に入り、松田の役宅前で声をあげると、奥から松田の用人の新高陣八が飛び出してきた。

その目が、丸くなっている。

「や、これは、勘兵衛さま……」

絶句している。

「たいそうご迷惑をおかけした。このとおりでござる」

勘兵衛が深く腰を折ると、

「いや、いや……。思ったよりも……、いや、その……お早いお帰りでございましたな」

なにやら、勝手に困っている。

おそらくは、勘兵衛に尋ねたいことは山ほどあるが、主人の松田より先に聞くことはならぬ、という思いからであろうか。

そういえば、勘兵衛が江戸を留守にしたのは、ちょうど二十日間であった。

「ま、ま、とりあえずお上がりを」

うながしたあと、新高は、

「さっそくに、八次郎にも知らせましょう。あやつ……顔色《がんしょく》をなくして、うろたえておりましたぞ」

「や、八次郎には、まことに悪いことをした。のちほど十分に詫びるつもりだが、まずは松田さまにご挨拶を」

「はい、はい。もちろん、松田さまにもお知らせは、いたしますが……」

「他出中ですか」

「そういうわけではございません。松田さまは、ただいま中奥にて、大殿さまがたとご会食中で……。はい。昨日無事に、若殿さまにおかれましては、従《じゅ》四位下のご昇進を終えられましたでな。その祝いでございますよ」

「おう、そうでございましたな。いや、それは重畳《ちょうじょう》です。では、直明《なおあきら》さまもお見えですか」

「いえいえ、大殿さまに間宮《まみや》家老、それと松田さまの、お三方だけの内祝いでございますよ。もちろん、すぐにもお取り次ぎをいたしますが……、さよう、とりあえずは我が部屋にてお待ちください」

新高陣八は、善右衛門町に町宿をいただいているが、月の大半を、この江戸留守居役宅の一部屋で暮らして、寝起きもしている。

それで勘兵衛は、新高の勧めに従った。

用部屋に入ると、そこには八郎太《はちろうた》がいて飯を食っていた。

八郎太は八次郎の兄で、松田の若党を務めている。

「や、これは……」

八郎太が、急いで食膳を片づけようとするのを勘兵衛はとどめた。

「あ。お気遣いはくださいますな。なにやら折悪しきところにまいって、申し訳ございません。どうぞ、ごゆっくり」

言いながら見ると、食膳はもうひとつあった。

どうやら、父子で昼食の最中であったようだ。

「それより勘兵衛さま、中食はまだでございましょう。すぐにも支度をさせますが」

新高が言う。

「そうですね……」

船上で朝食は食っていたが、早朝だったせいか、言われれば空腹を感じた。

「じゃ、お願いをいたしましょうか」

「では、わたしが……」

八郎太が腰軽く立って、用部屋を出ていった。

東雲丸で出された飯というのは〈船頭飯〉と呼ばれるもので、乱切りにした大根を煮くずれるほどに味噌汁に仕立て、これを炊きたての飯にぶっかけたものだった。

最初のうちこそ、

（こりゃ、うまい）

と思ったものだが、三度三度重なると、少しばかり食傷気味にもなっていた。もっとも、ときには船頭が釣り上げた魚が、ぶつ切り醬油で添えられることもあった。

それより、なにより……。

(里芋のコロ煮ではないか……)

実は勘兵衛、新高父子の食膳に載った総菜を見て、やにわに食欲をそそられたのかもしれない。

里芋は、故郷である越前大野の特産品であった。今ごろが収穫の真っ盛りである。雪に覆われた畑から掘り出したばかりの里芋の皮を剝いて半分に割り、醬油と少量の酒をくわえた出汁《だし》で、汁気がなくなるまで柔らかく煮詰めた〈里芋のコロ煮〉は、懐かしい故郷の味でもあった。

煮汁をたっぷり含んだ、あの食感と味を思い出し、ついでに故郷の母の顔まで、勘兵衛は思い浮かべていた。

「では、勝手にごめん」

中座していた食膳に再び向かう新高に、思わず勘兵衛は尋ねた。

「もしや、それは大野の里芋でございましょうか」

「いや、残念ながら……」

新高が、微笑みを浮かべながら続けた。

「実は、過日に、比企藤四郎《ひきとうしろう》さまが、お届けくださいましたもので……。なんでも越前の八幡村の産だとか。はい、故郷のものと遜色はございませぬよ」

「おう、そうか。比企どのがな……」

前の福井藩主であった、松平光通《みつみち》には権蔵《ごんぞう》という隠し子がいた。

だが、ある事情から権蔵は、元家老の永見吉次《ながみよしつぐ》に預けられ、城下郊外の八幡村で、ひた隠しにされてきた。

そして権蔵は、二年前に八幡村を出奔して大叔父である松平直良《なおよし》を頼り、この愛宕下の屋敷に、ひそかに匿われていたのである。

ところが権蔵の出奔を苦に、父の光通は自害して果てて、福井藩主の座は庶弟の昌親《まさちか》の手に渡った。

しかし光通には、隠し子とはいえ権蔵という、れっきとした一人息子がいる。

それで、福井藩には御家騒動が起こった。

権蔵こそが正嫡と慕い、福井を脱藩して江戸に集まる藩士も多かった。

比企藤四郎も、そんな一人で、奇《く》しき縁から猿江町にある勘兵衛の町宿に寄寓していた時期もあった。

松田や勘兵衛の尽力によって権蔵は、将軍家綱の拝謁を得て、正式に越前松平家の一員と認められた。

名も松平直堅《なおかた》と改め、五百俵の捨て扶持を下されることになったのである。

さらに、この秋には合力米五千俵と、大身旗本並みの禄を下されることが内示されたので、新たに新家を立てて、比企は、その家の家老格になっている。

そして昨日には、従五位下備中守に叙せられたはずであった。

まだ貧乏な新家だが、せいいっぱいの感謝の意を表して、比企はこの里芋を届けてきたのであろうか。

それとも直堅のもとに、かつて幽閉同様に留め置かれた八幡村からも、連帯の士が参じてきたのであろうか。

越前福井の御家騒動は、まだやむことなく続いている。

しかも、新藩主の昌親は、ひそかに酒井大老や、越前高田藩家老の小栗美作《おぐりみまさか》と結託し、我が大野藩に仇なそうとしているのだ。

勘兵衛は江戸に戻るなり、我が藩が直面する、そんな現実にも引き戻されていた。

八郎太は、弟の八次郎に勘兵衛の帰還を知らせてくると言って出かけ、新高は中奥の松田に取り次いでくると部屋を出て行った。

勘兵衛は一人、黙黙と用意された昼食を摂《と》った。

〈里芋のコロ煮〉は、母が作ってくれた味には及ばなかったが、やはりうまかった。

そして、昼食を終えたころ——。

ばたばたと廊下に足音が聞こえたと思ったら、いきなり、がらりと襖が開け放たれた。

「あ……！」

思わず勘兵衛は胡座《あぐら》を解いて、座り直そうとした。

そこに松田が立っていた。

「うむ……」

勘兵衛が正座するより早く、松田は短くうなずくと、

「用部屋へまいれ」

「は！」

「うむ」

松田は、もう一度うなずき、襖を閉めた。

少し顔が赤らんでいたのは、祝いの酒のせいか、それとも怒りのせいか……。

勘兵衛は、ひとときの息を整え、下腹に力をこめてから、

(よし!)

気合いを入れて、松田の待つ用部屋へ向かった。

4

声をかけるまでもなく、松田の用部屋の襖は開いており、いつもの文机のところで、松田は手炙りに手をかざしていた。

「失礼をつかまつる」

部屋に入って襖を閉め、文机の前に正座して、

「こたびは……」

と言いかけた勘兵衛に、

「お定まりの、詫び言など聞きとうない」

松田の厳しい声が制した。

「は……!」

勘兵衛が両手をついた頭の上に、

「それにしても、早かったの。たしか、ひと月ばかりと文にはあったが」

わずかに笑いを含んだ声が過ぎていった。

「おそれいります」

「おそれいらんでもよいから、大坂のことを聞かせろ。〈櫃の屋形〉の刺客とは出会うたか」

やはり松田は、なにもかも承知のようであった。

「しからば……」

勘兵衛は、大坂における、事の顚末《てんまつ》を話しはじめた。

それを松田は、ふんふんとうなずきながら聞き入って、ときどきは質問なども入れてきた。

当然に、勘兵衛の話のうちには、小夜の妹がいた［鶉寿司］に話が及ぶのだけれど、松田は、ついぞ最後まで、小夜のさの字も出さなければ、なにゆえ、勘兵衛が無断で江戸を離れたかについても問いただそうとはしなかった。

酒樽を積んだ東雲丸で、清瀬や信吉夫婦ともどもに江戸へ戻った、と話し終わったのちに、

「あいわかった」

と言ったのち、

「ところで、勘兵衛」

「は……！」

いよいよだな、と思う勘兵衛をはぐらかすようなことを、松田は尋ねてきた。

「先ほど、ちらっと新高の部屋で見たのじゃが、おまえ、小さ刀《ちいがたな》をどうした。賊どもには天秤棒しか使わなかったようじゃし、もしかして海にでも落としたか」

「え……」

勘兵衛は、思わず返答に詰まった。

それにしても、この老人の、なんとめざといことか。

勘兵衛は、舌を巻くほかない。

腰の大刀は新高の部屋に置いたまま、ここへは無腰できたのである。

一緒にいた清瀬さえ、最後まで気づかずにいた。

だが、先ほど一瞥しただけで、松田は、そこまでを見てとったらしい。

実は、勘兵衛は東雲丸の船中で、小夜へ手渡すはずであった書付、脇差とともにおかよに預けたのである。

江戸にきた、信吉、おかよの夫婦は、ひとまず田所町の［和田平］に入ることになっている。

すると、おかよは、店を預かっている仁助とお秀の夫婦から、必ずや勘兵衛と小夜のことを耳にするであろう。

幸いというか、そのことを耳に入れたくはない清瀬は、信吉とともに船酔いに苦しんでいた。

その隙を狙ったわけではないが、小夜の妹であるおかよだけには、自分の口から、事の次第を打ち明けておきたかった。

最初のうちこそ驚いていたおかよだったが、やがて姉の心情を知り、勘兵衛の思いを聞くと、濡らした眸《め》を小袖でそっと拭った。

もし小夜と連絡が取れたときには、これを渡して欲しいのだと、預けた脇差を胸に抱いて、

――このことは亭主にも、明かしはしまへん。

言って、葛籠のなかに収《しま》い込んだのであった。

(小夜に似て、賢い女性《にょしょう》だ)

特に口止めをしたわけでもないのに、おかよは、しっかりと勘兵衛の意を汲みとってくれたようだった。

「…………」

結局のところ勘兵衛は、松田に脇差をどうしたと聞かれたのに、無言を通した。

「ふむ……」

松田は右手で顎を撫でながら、

「言わぬが花、ということかの……」

つぶやくように言った。

それから、少し厳しい顔つきになって、

「ときに勘兵衛、そなたへの処分じゃ」

「は……！」

勘兵衛は、かしこまった。

「しばらくは、禁足じゃ。これよりは、この役宅にて過ごせ」

「はぁ……」

「なんじゃ、不服そうじゃな」

「いえ、決して、そのようなわけではございませぬが……」

「どうせ腰の物が片違《かたたが》いゆえ、それでは外出もできぬであろう」

「それは、そうですが、実は清瀬平蔵どのとの約束ごとがございまして」

「ふむ。それなら清瀬を、ここへ招《よ》べばよかろう」

「それが、そうもまいりませぬ。といいますのも、東雲丸の荷主は南茅場町の［丸屋］という下り酒問屋でございまして、そこに相応の挨拶をいたさねばなりませぬ。今は暮れの忙しいときでもございましょうし、新春の松がとれたのちごろに、一緒に挨拶に行こうという約束でございまして」

「ふむ。おまえが便乗したのはわかるが、元もとは清瀬が手配した船であろうが、おまえまでが挨拶に行くことはなかろう」

「そういうわけにも、まいらぬかと……」

「おまえというやつ……律儀といおうか、へんに義理堅いところがあるやつじゃ。ま、そこがおまえのいいところでもある。よいよい。その日だけは許そう。脇差は、わしのを貸してやろうほどに……な」

「お許し、ありがとうございます」

　ということになって、勘兵衛はしばらく、この江戸屋敷の松田の役宅で暮らすことになった。

　勘兵衛に与えられた松田の役宅の一室は、江戸に出てきた当初、浅草瓦町の［高砂屋藤兵衛］に居候するまでの一時期を過ごした部屋であった。

それで、どこか懐かしくもある。

そこに寝起きする、新たな日日がはじまった。

しばらくは休んでいた、朝の日課も再開した。

すなわち——。

朝起きて洗顔ののちは、役宅の庭先を借りて、小半刻（三十分）ばかりの素振りをし、朝食ののちは青竹握りをする。

これは勘兵衛の工夫による握力強化法で、一寸ばかりに切り揃えた細い青竹は、若党の八次郎に町宿から持ってこさせた。

勘兵衛の顔を見るなり、半泣きになった八次郎は、もうすっかり機嫌を直し、一日のうちに、二度も三度も勘兵衛の顔を見にやってくる。

飯炊きの長助にも、変わりはないという。

そんな八次郎に、勘兵衛は、ひとつだけ用を言いつけておいた。

抜け荷露見

1

年が明けた元旦——。

この日、江戸屋敷には夜明け前から、あわただしい気配が伝わってきた。

藩主の直良が在府中なので、六ツ半（午前七時）までに正月元日の賀儀で、江戸城へ登城しなければならぬからである。

明けて正月二日。午後になって、勘兵衛は松田に呼ばれた。

「つい先ほどに、日高どのが年始の挨拶にこられてな」

「は」

そのことを勘兵衛は、すでに新高から聞いていた。

その席に、松田が勘兵衛を同席させなかった理由も、十分に理解している。

「実は、例の〈榧の屋形〉の件じゃ」

「いかが、あいなりましたか」

「うむ。二十三日の深更に討ち入り、女性《にょしょう》以外は、一人残らずに討ち取ったそうじゃ」

「それは、ようございました」

勘兵衛は安堵した。

そして、ついに亥之助も討たれたか、と哀れみも混じった思いを胸に落としていた。

「まあな。ただ、それで出雲《いずも》が、どう出るかじゃな」

出雲というのは、大和郡山藩本藩に敵対する、分藩の藩主である本多出雲守政利のことだ。

〈榧の屋形〉は、元もとが、その政利の側室が住むところであった。

その側室や、女中たちまでは手にかけなかったらしいが、政利自身は国帰り中で、大和郡山城二ノ丸屋形にいるはずであった。

異変は、すぐにも耳に届いたろうし、なにしろ蛇のようなしつこさの人物である。

あるいは、その後に、ひと騒ぎが持ち上がっても不思議はないのであった。

「それは、そうでございますな」

勘兵衛の主家も、いろいろと頭痛の種を抱えているが、弟、藤次郎の主家も、また同様なのを、改めて認識する勘兵衛である。

「ところで、あすじゃが」

「はい」

「若殿が江戸城へ登城するが、その帰り道に、ここへ年始の挨拶に立ち寄るそうだ」

将軍家への年始の御礼は、まだ続いていて、きょうは御三卿、御三家の子息や外様大名など、あすの三日は無位無冠の大名や、諸大名の嫡子などが登城することになっている。

「それで、伊波《いなみ》や塩川《しおかわ》なども、こちらへこようがな……」

「はい」

伊波利三《としぞう》は若殿の付家老、塩川七之丞《しちのじょう》は小姓組頭で、ともに勘兵衛の幼少のころからの親友であった。

「それで、どうしたものか、と思うてな」

二人ともに、勘兵衛が無断で大坂に向かったことなど知らぬし、それで勘兵衛が、この松田の役宅で禁足になっていることも知らない。

実は勘兵衛、江戸に戻ってきたら、まっ先に塩川に会いにいくつもりであった。

二人きりで、話さねばならぬことがあったのだ。

しかし、あすではまずい。どうしても二人きりが必要なのだ。

それに……。

「謹慎中の身にございますから、会わぬがよいと思いますが」

そう答えると松田はうなずき、

「それなら、よいのじゃ。わしが腹黒い真似をしたと思われては心外ゆえ、とりあえず知らせたまでよ」

「おそれいります」

答えながら勘兵衛は、

(初めから、そのつもりで、おられたろうに……)

やはり、食えない老人だと思っている。

もっとも……。

勘兵衛が無届けで二十日も行方をくらませていた、と万が一にも若殿の耳に入らぬようにとの、配慮あってのことだとは、わかっていた。

大殿の松平直良は、生まれた嫡子を次つぎと喪《うしな》い、ついに五十になっても嫡男がいなかった。

それで、親戚筋から婿養子をとって後継者としたのだが、皮肉なことに、その後に授かったのが直明《なおあきら》である。

すったもんだのあげくに、養子縁組を解消して、直明を嫡男とした経緯があった。

いわば直明は、そんな強運の持ち主ではあったが、いささか問題があった。

近ごろこそ、少しおとなしくしているが、今年で七十二歳になった直良が、うかうかと隠居ができぬほど、まことに不出来な嫡男なのである。

口にはできぬが勘兵衛は、酒井大老に小栗美作、さらには本家筋の松平昌親らが手を組んで、直明を廃嫡に持ち込もうという陰謀の裏側には、直明の人柄の不出来があってこそ、という気持ちが強くある。

そんな若殿を、父の孫兵衛《まごべえ》から、伊波と塩川そして勘兵衛の三人が鼎《かなえ》と支え、御家の安泰を守るべし、との使命を与えられていた。

それゆえ勘兵衛の気分は、複雑なのである。

2

そして、正月三日の夕刻のこと――。

年始の挨拶を終えて、若殿一行が芝・高輪の下屋敷に戻っていった日のことである。

勘兵衛は夕食ののち、これといってすることもなく、与えられた部屋で読書にいそしんだ。

そんな折、松田に呼ばれた。

「まあ、そこへ座れ」

松田は、神妙な顔つきだった。

「実は七之丞がな……」

「は」

「暮れの二十五日ごろ、猿屋町の町宿のほうへ中間を使いに出したというのだ」

「は？　どういうことでございましょう」

初耳だった。

「うん。使いの内容というのは、手あきのときでよいから、会いにこぬか、というものだったらしいが、応対に出た八次郎も困ったのであろう。おまえは、わしの用で、しばらく江戸を離れておるが、戻ってまいりましたら、そう伝えましょう、と返事をしたようだ」

「ははあ……」

八次郎め、それを伝えるのを忘れておったな、と思ったが、悪いのは自分で、八次郎を責めるわけにはいかない。

「ま、七之丞には、話を合わせておいた……がな」

「それは、お気を遣わせまして、まことに申し訳ございません」

「うん。七之丞のほうとて、それほど火急の用でもなかったらしゅうて、よければ、わしの口から伝えてくれ、と言っておったぞ」

「で、どのような……」

ある予感で、少し勘兵衛の胸はときめいた。

しまった、先を越されたか、という想いも胸に満ちた。

その一方で――。

「聞きたいか？」

勘兵衛の反応を、確かめようとでもいうように、松田は、からかうような口調になった。

予感が当たったようだ、と勘兵衛は思った。

「いえ……」

思わず、そう答えていた。

「なんだと……？」

松田は絶句した。

七之丞には園枝《そのえ》という妹がいて、勘兵衛の初恋の相手だった。

だが塩川の家とは家格も釣り合わず、誰にも知られてはならぬこと、と勘兵衛は恋心を誰にも告げることなく封印した。

だが、自らに封印をしたがために、なお、恋心は大きく育っていった、とも言える。

だから、その園枝に縁談がある、と聞いたときには、大きな失望感を覚えたものだ。

ところが、若殿の小姓組頭となって江戸に赴任してきた七之丞から、思いがけぬことを聞いた。

それは、園枝自身からの勘兵衛への言《こと》づてでもあったのだが、園枝は勘兵衛の嫁になることを望んでいる、というのである。

もし勘兵衛さえ承知なら、両親を説得するとまで七之丞に言われて、勘兵衛はとまどった。

夢見心地になりながらも、小夜、という存在が、勘兵衛の心の負担となったのだ。

だが、その縁談めいた話は、伊波利三の耳にも、そして松田の耳にも届いたのである。

その利三が、ある日――。

――なにしろ、園枝どのには縁談があった。それをひっくり返そうというのだ。七之丞一人では手に余る。俺も味方するが、松田さまの助勢があれば、いよいよ盤石《ばんじやく》だ。七之丞は、それほど真剣に、おまえと園枝どのの縁談をまとめたいのだ。

そう勘兵衛を力づけてくれた。

それで、ようやく勘兵衛の決心がついて、なにぶん、よろしく頼むと素直に頭を下げたのである。

そして小夜とは、さっぱりと別れようと決心もした。

しかし……。

勘兵衛には、皮肉な結末が待っていた。

小夜のほうが、先に姿を消してしまったのだ。

そして、勘兵衛は自らの心に決着をつけるため、大坂へと旅立つことになったのである。

戻ったのちは、七之丞に殴られるつもりだった。

ほかの女に、自分の子が生まれるかもしれぬのを、隠しとおすような卑怯な真似はしたくなかった。

せめて親友だからこそ、園枝の兄だからこそ、七之丞だけには、すべてを打ち明けて、できれば許しが欲しかったのだ。

だが運命の糸車は、もつれて空まわりをしたあげくに、どんどんおかしな状況に勘兵衛を追い込んでいくようだ。

「うーむ」

松田は、ひと唸りしながら勘兵衛の顔色を見つめていたが、やがて言った。

「おまえ、まさか、自分のやましさを、七之丞にも押しつけるつもりではなかろうな」

「え……」

「だからよ。正直も、たいがいにせよと言うとるのじゃ。おまえは、すべてを吐露して、それで少しは楽になろうが、聞かされたほうでは、こりゃ、たまらんぞ。そうは思わぬか」

まるで松田は、勘兵衛の腹の内を読んだように言うと、続けた。

「過ぎたるは猶《なお》及ばざるが如し、というやつよ。残酷なことはやめよ。己が秘密は自分一人で背負うて、棺桶にまで持っていく、という考えも、また男児であるぞ」

なんだか勘兵衛は、ふっと、踏ん張っていた力が萎《な》えたような気分になった。

「そのようなものでしょうか」

「年寄の言うことは、聞くものじゃ」

「は……」

平伏したものの、にわかには納得しかねるものがあった。

それを見透かしたように、松田がことばを継いだ。

「考えてもみろ。小夜でさえ、腹の子を抱えて、自分がいっさいを背負って姿を隠したのだ。おまえに会おうとか、力を借りよう、などとは思ってもいないはずだ。小夜は、腹におまえの子が宿っていることさえ告げなかったではないか。女ながら、みごとな覚悟だとは思わぬのか」

「…………」

「それを、おまえはなんじゃ。小夜の覚悟のほどを悟ろうともせず、ぺらぺらとしゃべる気か。小夜が秘密にしていることは、おまえも一生の秘密として背負っていけ。

万一、いつかおまえの妻女となるひとが、ゆくゆくそのことを知り、おまえの許を去ったとしても、それもおまえは、生涯背負って耐えてゆくのだ。おとなとは、そういうものだ」

松田のことばは、鉄槌のように勘兵衛の心を砕いた。

3

あの七之丞のことだから、勘兵衛の告白を聞いても、妻女のほかに子を作るは、古来よりの武士のならいだ、くらいのことは言って、笑って許してくれるにちがいない。

だが、そんな七之丞を知っていて、自分はそれに甘えようとしたのではないか。

勘兵衛は、覚悟を胸に落とし、自分の生涯は、重いおもい荷を背負ったものになることを心に決して、腹をくくった。

「どうじゃ。園枝のことじゃ。聞く気になったか」

今度は、松田は、はっきりと園枝の名を出した。

「は、お聞かせください」

「よし、よし。実はの、七之丞の許へ父君の便りが届いたそうじゃ」

郡奉行である小野口三郎太《おのぐちさぶろうた》の子息が強く望んで、園枝には縁談話があった。

それを、きちんと断わった、と便りには書かれていたそうだ。

「で、もちろん、おまえに園枝をやるのは承知だが、これまでの縁談を断わってすぐでは角《かど》が立つ。しばらくの猶予ののちのことにしたい、と、まあ、そういうわけじゃ」

「さようですか」

「で、どうなんじゃ。おまえに異論はあるまいの」

「は、いささかも……」

複雑な思いが、身体の隅ずみにまで広がった。

自己嫌悪が、自分の全身を染め上げていくのを感じながらも、その底から沁み込んでくる喜びも、また真実だった。

「というて、園枝どのは、明けて十八になられた。そう、ぐずぐずもしておれぬはずじゃ」

「は、あとは塩川益右衛門《ますえもん》さまと、我が父のお心次第……」

塩川益右衛門が園枝の父で大目付、勘兵衛の父は、その配下の目付になっている。

「そうか。いや、めでたい。めでたいのう」

松田は、上機嫌に言うと、

「そうじゃ。前祝いといっては、なんじゃが、そなたに差料を贈ろう。脇差がないまでは、不便であろうからな」

「それは、ありがたい話ではありますが……」

「遠慮をいたすな。八次郎から聞いておるぞ。二尺七寸の刀を探させておるそうではないか」

「あ……」

あの、おしゃべりめ、と思ったが、この松田にかかれば、たいがいのことは知られてしまう。

「二尺七寸などという、長剣は、なかなかに見つかるものではないからな。八次郎も、ずいぶん探しまわっているようだが、困っておったぞ」

「そうでしょうね」

今の勘兵衛の長刀は、刃渡り二尺四寸五分（約七四センチ）だが、近ごろは二尺三寸前後のものが、ほとんどだ。

それで勘兵衛は八次郎に、二尺七寸の刀を扱っているところはないか、探させていたのであった。

この先に小夜が生むであろう我が子の父のあかしとして、勘兵衛は、おかよに脇差を預けた。

それで、新たに脇差を求めなければならないのだが、どうせなら、この際に、長刀のほうも二尺七寸のものに替えようと、思い立ったのだ。

と、いうのも——。

勘兵衛は、今は故人となった武芸者の百笑火風斎《どうめきかふうさい》より、秘剣、〈残月の剣〉という技を伝えられた。

その剣技のため、青竹握りを日課にしているくらいだ。

そのとき火風斎は、勘兵衛に剣は長ければ長いほどよいと言った。

事実、火風斎の剣は柄頭《つかがしら》が一尺、刃渡りは三尺一寸という長大なものであった。

そして勘兵衛の剣を見て、

——落合どのの背丈からすると、いささか短いように思える。せめて二尺七寸はほしいところだ。

と言ったのである。

以来、勘兵衛は火風斎の忠告に従い、いつかは二尺七寸の太刀に替えようと思いつつ、きょうまできたのであった。

「ま、一から拵える、という手もあるが、それではできあがりに時間がかかりすぎるだろうしな」

「とても、そんな贅沢はできません。出来合いの売り物か、古刀物でよいと思っています」

「そうか。実はの……石町通りの岩付町に［京下り播磨］という刀剣屋があるのじゃ。昔から懇意にしておるのだが、一見《いちげん》の客は相手にせぬところだ」

「はあ」

おそらく八次郎は、日本橋界隈の刀剣屋を探しまわっているのだろうが、そういうところなら、おそらく体《てい》よく断わられたであろうな、と勘兵衛は思った。

「それでの、七之丞からめでたい話を聞いて、わしゃ、さっそく新高を［京下り播磨］に向かわせたのじゃ」

「それは、いたみいります」

（松田さまが、わざわざこんな話をするところをみると……）

「しかし、残念ながら二尺七寸の刀はなかったそうだ。三尺のなら、あるというのだが……」

勘兵衛は、少しがっかりした。

いきなり三尺というのも、手に余る。

「で、二尺七寸には足りぬけれど、二尺六寸五分というのもあるらしい。こいつは、山城の国の埋忠明寿《うめただみょうじゅ》という名の通った刀工が鍛えた、なかなかのものであるらしいぞ」

「ほう」

食指が動いた。

「[京下り播磨]の主人が言うには、今は八寸の柄頭がついておるが、これを八寸五分のものに替えれば、ご希望に添えるのではないか、と、こう言うたそうじゃがな」

「あっ」

思わず勘兵衛は、軽く声をあげてしまった。

そうか。長柄刀《ながえとう》ではないか――。

火風斎の柄頭は、一尺もある長柄刀であった。

ついつい刀身のほうばかりに目がいって、肝心なことを忘れていたな、と思った。

「しかし、高価でございましょうな」

「まだ若い者が、金のことなど心配せんでもよい。というて……、ふん。やはり現物を、一度は見ておくものだろうな。柄頭を替えるにしても、好みというものもあろうし、また、それに合う脇差も選ばねばならぬわけだし……」

すっかりその気になっているらしい松田を見て、よし、くれるというなら、もらってやろうじゃないか。

強がりを胸に落としたが、内心、もう嬉しくてたまらない。

「よし。まだ禁足中の身だが、近いうちにな。わしが一緒をしよう」

「よろしくお願いいたします」

勘兵衛は、素直に頭を下げた。

4

三日ののち——。

勘兵衛は、松田与左衛門と愛宕下の屋敷を出た。それぞれの若党、八次郎と八郎太も含めた四人連れであった。

この日、空はからりと晴れ上がり、着飾った人びとが愛宕下通りを行き交って、ぎっしり掛け茶屋も並んでいる。

西に盛り上がる愛宕山の上に建つ愛宕権現への参拝客たちだった。

「うむ。よう賑わっておるの」

機嫌のよい声を出す松田に、八郎太が答えている。

「はい。きょうは六日年越しでございますからな」

「そうじゃな」

禁足の罰を与えられ、勘兵衛は、終日を江戸屋敷の一室にこもっていたため、まるで正月らしい気分には浸れなかった。

あまりに暇なものだから、久方ぶりに、故郷の父と母に文を書いた。

といっても、今の自分の状況を書くわけにもいかず、なにやら、ありきたりな文章になってしまった。

つい、園枝のことも書こうか、とも思ったが、それはやめておいた。

八郎太が六日年越し、と言ったが、この江戸では、きょうの夕方には門松などの正月飾りを取り払う。

つまり、きょうまでが正月なのである。

やっと、正月らしい風景に、最後の日に間に合ったな、と勘兵衛は、なにやら晴れ晴れしい気分で通りを歩いた。

腰には、借り物の脇差と、勘兵衛が元服のときに、父が無理をして買ってくれた刀があった。

これから、岩付町にあるという［京下り播磨］に、新しい刀を見にいくのであった。

横で、弟に話しかける八郎太の声が聞こえた。

「八次郎。おまえも、もう十八だ。今年こそは、もう少ししっかりせねばならんぞ。それに、剣のほうも頑張らねばな。まだ目録もとれぬでは、情けないではないか」

それに八次郎が、ぼそぼそ、小さな声で答えている。

（ふむ……）

そうか。俺も二十一になったのだ。

といって、これといって、新たな目標があるわけでもない。

もちろん、園枝のことは、話が別である。

両方の親同士が決めることで、勘兵衛が、どうしてくれの、こうしてくれの、と口を出せるものではない。

松田が言う。

「ところで勘兵衛、松がとれたら清瀬どのと、なんとかいう酒問屋に挨拶にいくのだったな」

「はい。そのつもりですが……」

ついでに、おかよ……、信吉夫婦のその後のことも聞いておきたかった。

「では、八次郎を使いに立てて、清瀬どのの都合も聞いて決めることじゃ。早いうちがよいぞ。いつまた鼠どもが動いて、忙しゅうならぬともかぎらぬからな」

「は……」

そうだった。

松田も勘兵衛も、権謀術数《けんぼうじゅっすう》が渦巻く渦中にあるのであった。

そのころ――。

江戸より遠く南に離れた、長崎の町である。

その長崎奉行所立山役所の望楼に、一人の男が立っていた。

望遠鏡を目に当て、長崎湾の入り口に横たわる伊王島よりまだ先の……高島、中ノ島、端島と続く、それはもう、芥子粒《けしつぶ》のようにしか見えない小島のあたりを、窺っている。

階下からは、賑やかな音曲が伝わってくる。

芸人たちが、音合わせをしているようだ。

「御奉行さま、そろそろ、お時間でございます。拙者が替わりますので」

そばに控えている用人の芳賀《はが》が言うのに、

「いや。あと、しばらく……」

御奉行と呼ばれた男が答えた。

名を牛込忠左衛門《うしごめちゆうざえもん》という。

歴代の長崎奉行のうちでも、出色《しゆつしよく》の人物である。

五年前——寛文十一年の五月、御書院番、目付を経て、忠左衛門は五百石の加増で千五百石の旗本となって、長崎奉行の職についたのであった。

ときに四十九歳である。

長崎奉行には、知行地が二千五百石から三千石あたりの中級旗本から選ばれるのが常であった。

それを、無理にも五百石の加増をしてもなお小身旗本の、しかも普通なら、そろそろ隠居をしても不思議はない年齢の牛込に、白羽の矢を立てたのは、やはり、牛込の才気というものが認められたものであろうか。

まさに、そのころ、長崎は幾多の大きな問題を抱えていた。

大飢饉があり、天然痘が流行し、大雨で町の中心を流れる中島川の石橋が流失したと思ったら、放火によって町の大半が焼失するということもあった。

それで、長崎は、町も人も疲弊していた。

だが、それより、なにより幕府が頭を抱えていたのは、相対《あいたい》貿易によって、大量の銀が流出していくことにあった。

その量は年に平均して三万貫、この二十年の間に、なんと六十万貫もの、おびただしい銀が海外に消えていったのである。

それで幕府では、銀を禁止して金に替えたりもしたが、抜本的な解決にはいたらなかった。

牛込忠左衛門は、そんな期待を一身に受けて長崎へ向かったのである。

そして、早くも一年ののちに、忠左衛門はみごとな政策転換に成功している。

根本は相対貿易（自由貿易）という方法にあって、貿易の主導権をオランダ、中国に握られてしまっているところにある、と牛込は見破った。

それで新たに、市法《しほう》貨物《かもつ》仕法《しほう》、という新制度を導入した。

なにやらむつかしげに思える、その貿易法とは――。

まずは長崎、江戸、大坂、京都、堺の五ヵ所商人から選んだ目利きに、オランダ船や中国船が運んできた荷を評価させる。

その評価額の、いちばん低い価格を奉行が決定して、これをオランダ人や中国人に伝え、同意があれば購入するが、いやだと言うなら、そのままに持ち帰らせる。

まあ、おおざっぱにいえば、そのような制度であった。

それゆえ、オランダ人や中国人の間では、牛込は強欲の人と、そしられたが、これで長崎における貿易の主導権を取り戻し、長崎の町は大いに潤ったのである。

その牛込が、従来の長崎奉行所東西屋敷のうち、東屋敷のほうをここ立山に移した、その望楼で、

「お……!」

小さく声を出した。

それに用人の芳賀が、

「見えましたか」

「おう、見えた、確かに石火矢《いしびや》が上がったぞ」

長崎に貿易船が入るとき、沖の小島の見張り台から石火矢を上げたり、狼煙《のろし》を上げたりして、それを野母崎の権現山にある遠見番所に知らせる。

これがオランダ船であれば、直ちに長崎奉行に連絡がとられるのだが、この時期、オランダ船がくるわけはない。

「では、芳賀、頼んだぞ」

望楼を下りた牛込が言うと、

「はい。打ち合わせどおりに」

「うむ。くれぐれも目立たず、気づかれるでないぞ」

ここからは見えぬが、おそらくは今ごろ、権現山の遠見番所からも狼煙が上がり、市中・観善寺に置かれた物見番詰所でも、動きがはじまっているはずだ……。

と、牛込は思っている。

5

この日、ここ立山奉行所では、町年寄とその子息たち、長崎代官の末次平蔵《すえつぐへいぞう》や常行事、唐通事やら御糸役、そのほか大勢の者を招いて松囃子《まつばやし》をおこなうことになっていた。

松囃子は、年頭に福を祝っておこなう芸事で、諏訪神社の役者が集められるのが、恒例になっている。

余談ながら、博多では博多松囃子と呼ばれて〈博多どんたく〉祭の中核をなすイベントだ。

それはともかく牛込は、ある意図があって、それをきょうの六日に選び、宴席もいつもより盛大に執りおこなうことにしていた。

七ツ（午後四時）ごろから、諏訪神社の役者によって松囃子十一番が演じられたあとは、町の若衆たちが太鼓や小太鼓を打つなかで仕舞が演じられ、最後には能までおこなって四ツ（午後十時）過ぎまで、宴会は続く。

松囃子十一番も終わり、仕舞が演じられるときのことである。

盃を傾けて見物中の牛込の許へ、用人の芳賀がやってきて、耳元でなにごとかささやいた。

「うん、うん」

笑顔を変えずに、牛込はうなずいた。

しばらくして、少し先のほうにいる末次平蔵のほうを、さりげなく見やると、平蔵と視線が合った。

その平蔵に向かって、牛込はにこやかに笑いかけた。

平蔵も笑い返して、小さく頭を下げた。

こうして宴は続き、四ツ（午後十時）を大きくまわったころに散会となった。

ぞろぞろと、客たちが大広間を出ていく。

芳賀が、

「あ、末次どの……」

と呼び止め、

「なにやら、御奉行がお呼びじゃ」

「は、さようで……」

まだ座布団の上にくつろいでいる牛込の許に、末次平蔵がやってきた。

「今宵は、十分に堪能させていただき、まことにありがとうございます。で、なにか……」

牛込の前に手をついて挨拶をした平蔵に、牛込が言った。

「うん。ちぃとな。このまま、おまえを帰すわけにはいかなくなった」

「また、ご冗談を……」

「冗談ではないぞ。きょう戸町浦に入港した唐船じゃが、船底が二重になっておってな。ずいぶんと抜け荷の品が出たそうじゃ」

言うと同時に、配下の者たちが左右から末次平蔵の肩を取り押さえた。

「あ、なにをなされます。戸町浦の唐船など、わたしには、とんと存ぜぬことで……。いったい、どういうことでございましょう」

酒に赤らんだ顔色を紙のように白く変えながら、平蔵は言った。

「うん。だからよ。そこのあたりを、ゆるゆる聞こうと思うてな」

重重しい声で、牛込は言った。

実は昨年の十一月のことだが、菊池兵衛《きくちひようえ》と名乗る黒鍬者が、大目付である大岡忠勝《おおおかただかつ》の書状を持参して、ゆゆしきことを告げた。

傀儡《かいらい》船による抜け荷情報であった。

それで、ひそかに調べを進めていくと、確かにこの八月の初め、末次平蔵の手代の蔭山九大夫《かげやまきゅうだゆう》や唐小通事の下田弥惣右衛門《しもだやそうえもん》たちを乗せた唐船が、カンボジアに向かったことが判明した。

さらに調べると、その船はカンボジアからの帰途、嵐に船体を傷めて、大恵島（現台湾）に立ち寄って修理中との情報も得た。

そこで薩摩藩の長崎聞き役に命じて、さらなる情報を求めたところ、修理がなった船は、大恵島を出たとの報せも入った。

やがて奄美の薩摩藩物見によって、それらしき唐船が、沖合いを航行していくのを観たとの情報を得た。

それで牛込は、その船が、きょうあたりに長崎へ着く、と踏んでいたのであった。

それから一ヵ月ほどが過ぎた、二月のことである。

長崎奉行、牛込忠左衛門の報告によって幕府は動いた。

肥前島原藩主である松平忠房《ただふさ》を幕府上使として、実に四百名を超える役人が、長崎へと向かったのである。

東海道を上る、その大部隊を、芝・車町の大木戸に近い茶屋から、じっと見送っている二人の武士がいた。

「おい、去年のように、あまり食いすぎるなよ」

連れに、そう言ったのは落合勘兵衛で、一皿に三串のみたらし団子を、もう五皿ほど積み上げているのは八次郎であった。

昨年の十一月、二人は長崎から江戸に戻る長崎奉行、岡野貞明《おかのさだあき》の行列を、この同じ茶屋で待っていたことがある。

(あれから、わずかに三ヵ月……)

どういうことになろうな……と、上使、松平忠房の行列を、感慨深く眺めていた。

勘兵衛の禁足は、すでに解かれていた。

そして、その腰には、埋忠明寿作の長刀があった。

同じころ——。

山路亥之助の姿は、まだ、東小松川村の小さな稲荷社にあった。

どのようなわけで亥之助が、そのようなところにいるのかの経緯は、少しく長くなるので次巻に譲るとして——。

(うぬ。勘兵衛!)

今や亥之助の胸の内には、勘兵衛に対する疑いが大きくふくらんできていた。

わずかに、ひと月半ほど前まで亥之助は、なにゆえに落合勘兵衛が江戸にいたかを、さらには深編笠姿の自分を、どうして見破ったのか、などと、あれこれ考えあぐねていたものだ。

それが、その後に判明した事実によって、あのことも、このことも、とすべてが勘兵衛に繋がっていくような気がしてならない。

(いま、少し、調べを進めねばならぬな)

「おい、条吉」

亥之助は条吉を呼ぶと、それから長い打ち合わせがはじまった。

それが終わると、亥之助は腕を組み、じっと沈思を続けた。

やがて亥之助は腕を解き、膝の上で固く拳を握りしめ、かっと目を見開いた。
(勘兵衛め、ただではすませぬぞ!)
亥之助の顔面が赤黒くふくれあがり、拳に静脈が浮き上がった。
勘兵衛の頭上に、またも風雲が巻き起こりそうな気配がある。

余滴《おまけ》……本著に登場する主要地の現在地」

[ざまみどの浜] 大阪府大阪市中央区久太郎町四丁目渡辺付近
[荒砥屋] 大阪市中央区南船場一丁目付近
[稲荷河岸] 新川一丁目渡海稲荷神社あたりの隅田川辺
[茅場河岸] 日本橋茅場町一丁目一番地および一四番地付近
[京下り播磨] 日本橋本町四丁目八番地付近

[筆者註]
本稿の江戸地理に関しては、延宝七年[江戸方角安見図]および、御府内沿革図書の[江戸城下変遷絵図集]によりました。

時代小説

二見時代小説文庫

風雲《ふううん》の谺《こだま》 無茶《むちゃ》の勘兵衛《かんべえ》日月録《じつげつろく》9

著者 浅黄《あさぎ》 斑《まだら》

発行所 株式会社 二見書房
東京都千代田区三崎町二ー一八ー一一
電話 〇三ー三五一五ー二三一一［営業］
〇三ー三五一五ー二三一三［編集］
振替 〇〇一七〇ー四ー二六三九

印刷 株式会社 堀内印刷所
製本 ナショナル製本協同組合

落丁・乱丁本はお取り替えいたします。
定価は、カバーに表示してあります。

 ISBN978－4－576－10053－1
http://www.futami.co.jp/

山峡の城 無茶の勘兵衛日月録
浅黄 斑［著］

藩財政を巡る暗闘に翻弄されながらも毅然と生きる父と息子の姿を描く著者渾身の感動的な力作！本格ミステリ作家が長編時代小説を書き下ろし

火蛾の舞 無茶の勘兵衛日月録2
浅黄 斑［著］

越前大野藩で文武両道に頭角を現わし、主君御供番として江戸へ旅立つ勘兵衛だが、江戸での秘命は暗殺だった……。人気シリーズの書き下ろし第2弾！

残月の剣 無茶の勘兵衛日月録3
浅黄 斑［著］

浅草の辻で行き倒れの老剣客を助けた「無茶勘」こと落合勘兵衛は、凄絶な藩主後継争いの死闘に巻き込まれていく……。好評の渾身書き下ろし第3弾！

冥暗の辻 無茶の勘兵衛日月録4
浅黄 斑［著］

深傷を負い床に臥した勘兵衛。彼の親友の伊波利三は、ある諫言から謹慎処分を受ける身に。暗雲が二人を包み、それはやがて藩全体に広がろうとしていた。

刺客の爪 無茶の勘兵衛日月録5
浅黄 斑［著］

邪悪の潮流は越前大野から江戸、大和郡山藩に及び、苦悩する落合勘兵衛を打ちのめすかのように更に悲報が舞い込んだ。大河ビルドンクス・ロマン第5弾

陰謀の径 無茶の勘兵衛日月録6
浅黄 斑［著］

次期大野藩主への贈り物の秘薬に疑惑を持った江戸留守居役松田と勘兵衛はその背景を探る内、迷路の如く張り巡らされた謀略の渦に呑み込まれてゆく……

報復の峠 無茶の勘兵衛日月録7
浅黄 斑［著］

越前大野藩に迫る大老酒井忠清を核とする高田藩と福井藩の陰謀、そして勘兵衛を狙う父と子の復讐の刃！正統派教養小説の旗手が贈る激動と感動の第7弾！

惜別の蝶 無茶の勘兵衛日月録8
浅黄 斑［著］

越前大野藩を併呑せんと企む大老酒井忠清。事態を憂慮した老中稲葉正則と大目付大岡忠勝が動きだす。藩御耳役・勘兵衛の新たなる闘いが始まった……第8弾！

大久保智弘

御庭番宰領 シリーズ1〜5

〝公儀隠密の宰領〟と〝頼まれ用心棒〟の二つの顔を持つ元信州弓月藩剣術指南役で無外流の達人鵜飼兵馬。時代小説大賞作家が圧倒的な迫力で権力の悪を描き切る傑作シリーズ！

風野真知雄

大江戸定年組 シリーズ1〜7

現役を退いても、人は生きていかねばならない。元同心・旗本・商人と前職こそ違うが、旧友の隠居三人組が、〈初秋亭〉を根城に江戸市中の厄介事解決に乗り出した。市井小説の傑作！

井川香四郎

とっくり官兵衛酔夢剣 シリーズ1〜3

藩が取り潰され、亡き妻の忘れ形見の信之介とともに仕官先を探す伊予浪人の徳山官兵衛。酒には弱いが悪には滅法強い素浪人のタイ捨流の豪剣が、欲をまとった悪を断つ！

楠木誠一郎

もぐら弦斎手控帳 シリーズ1〜3

記憶を失い、長屋で手習いを教える弦斎には元幕府隠密の過去があった！ 弦斎はある出来事からふたたび悪に立ち向かう。歴史ミステリーの俊英が鮮烈な着想で放つシリーズ！

小杉健治

栄次郎江戸暦 シリーズ1～4

田宮流抜刀術の達人にして三味線の名手、矢内栄次郎を襲う権力の魔手！ 剣の要諦は生きることのすべてに通じる――吉川英治賞作家が人生と野望の葛藤、深淵を鋭く描く！

武田櫂太郎

五城組裏三家秘帖 シリーズ1～2

伊達家仙台藩に巻き起こる危機に、藩奉行探索方で影山流抜刀術の達人・望月彦四郎が立ち向かう。〝豊かな物語性〟で描く白熱の力作長編シリーズ！

早見俊

目安番こって牛征史郎 シリーズ1～5

六尺三十貫の巨躯に優しい目の心やさしき旗本次男坊。目安番・花輪征史郎の胸のすくような大活躍！ 征史郎の無外流免許皆伝の豪剣と兄・征史郎の頭脳が謀略を断つ！

早見俊

居眠り同心 影御用 シリーズ1

凄腕の筆頭同心がひょんなことで閑職に――。暇で暇で死にそうな日々にさる大名家の江戸留守居から極秘の影御用が舞い込んだ…！ 新シリーズ刊行開始！

二見時代小説文庫

花家圭太郎

口入れ屋 人道楽帖 シリーズ1〜2

行き倒れた浪人が口入れ屋に拾われ、生きるため慣れぬ仕事に精を出すが…。口入れ稼業の要諦は人を見抜く眼力。市井の人情を描いて当代一の名手が贈る感涙シリーズ！

藤井邦夫

柳橋の弥平次捕物噺 シリーズ1〜5

陽光燦めく神田川を吹き抜ける粋な風！南町奉行所与力の秋山久蔵と北町奉行所同心白縫半兵衛の御用を務める岡っ引の柳橋の弥平次の人情裁きが冴え渡る！

幡大介

天下御免の信十郎 シリーズ1〜6

雄大な構想、痛快無比！名門出の素浪人剣士・波芝信十郎が、全国各地、江戸を股にかけ、林崎神明夢想流の豪剣で天下を揺るがす策謀を斬る！

松乃藍

つなぎの時蔵覚書 シリーズ1〜4

元武州秋津藩藩士で、いまは名を改め江戸にて貸本屋笛吹堂を商う時蔵。捨てざるを得なかった故郷の風はときに狂風を運ぶ！俊英女流が描く力作！

牧 秀彦

毘沙《びしゃ》侍 降魔剣《ごうまけん》 シリーズ1〜4

御上の裁けぬ悪に泣く人々の願いを受け、悪人退治を請け負う竜崎沙王ひきいる浪人集団〝兜跋組〟が邪滅の豪剣を振るう！ 荒々しくも胸のすく男のロマン！

森 真沙子

日本橋物語 シリーズ1〜6

間口一間金千両の日本橋で店を張る蜻蛉屋の美人女将・お瑛が、優しいが故に見舞われる哀切の事件。文壇実力派の女流が円熟の筆致で描く人情とサスペンス！

森 詠

忘れ草秘剣帖 シリーズ1〜3

開港前夜の横浜村に瀕死の若侍がたどり着いた。記憶を失った彼の過去にからむ不穏な事件、迫りくる謎の刺客、そして明かされる驚愕の事実とは……。大河時代小説！

吉田雄亮

新宿武士道 シリーズ1

宿場を「城」に見立てる七人のサムライたち！ 新しい宿駅・内藤新宿の治安を守るべく微禄に甘んじていた伊賀百人組の手練たちが「仕切衆」となって悪を討つ！